「我不會交給他。
我不會把妳交給
那個傢伙。
要是那個傢伙再來到

惡魔高校
D×D
17 教師研習的女武神
羅絲薇瑟面前
我一定會打倒他……」

ICHIEI ISHIBUMI

Kadokawa Fantastic Novels

彩頁、內文插圖／みやま零

目 錄

大家一起保護這所學校吧——

Life.0

自從兵藤家被改建為地上六層地下三層的豪宅之後已經過了四個月，然而至今仍會忽然發現我所不知道的房間和功能。

比方說，最近才知道地下一樓有個隱藏的房間。地下一樓有視聽房兼健身房和大浴場，而原本有個地方是一條死路，不過前幾天，才發現那裡有一扇祕密門。

據莉雅絲所說：

「設計這個家的似乎是阿傑卡．別西卜陛下的專屬建築師。那位設計師好像和阿傑卡陛下一樣，喜歡在建築當中加入一些隱藏要素，所以這個家可能還有很多祕密空間喔。」

似乎是這麼回事。

真的假的，所以這個家裡可能還藏了什麼東西囉……

結果黑歌和勒菲就正式住進那間隱藏房間了。她們主動表示，原則上自己本來是恐怖分子，所以隱身在地下總比住在地上好，真是令人感動。

那麼，這個家裡還有其他的隱藏要素……而目前大家正在親身體驗。

「泡起來真舒服啊。」

在我身旁——全裸的莉雅絲正泡在熱水裡這麼說，並舒服地嘆了口氣。

突然間，大浴場的一角出現了一扇門。明明到前一天為止，我們都沒看到有任何東西在的地方，卻突然冒出了一扇神祕的門。

門的另外一邊是——一間新的浴場。

這裡比我們之前所使用的大浴場還要寬敞，天花板、牆壁，甚至連器具都相當金碧輝煌，裝飾也更為華美。

裡頭還種植了茂盛的熱帶植物，就像個以叢林為主題的浴場。

熱水從龍形的雕像口中流出，甚至還有小規模的瀑布。

每根柱子都裝飾得很精緻，吉蒙里的家紋更象徵式地標記在這個新大浴場的各個角落。

面對這間突然冒出來的新浴場，莉雅絲在驚訝之餘仍如此提議道：

「難得有這麼個地方，我們一起泡澡吧？」

——於是，我和莉雅絲就一起進來這裡泡澡了。在對新的大浴場投以好奇的眼光之餘，我也注意著莉雅絲的胸部！大飽眼福！真是大飽眼福啊！

「恐怕這是設計成根據時間的流轉而開放的吧。你看，現在已經進入冬天了，所以才會配合季節，開放了新的浴場吧。」

莉雅絲在環視著浴場的同時這麼說。

隨時間流轉而解禁的設備……在夏天改建的我們兵藤家，到底還藏了多少祕密呢……？

在心生疑惑的同時，我依然忙著東張西望。這也是理所當然的事情，因為這個浴場裡，除了我們以外——還有其他人在入浴！

在我的視線前方，是興奮地聊著女生話題，並且互相幫忙洗背的教會三人組！

「愛西亞的頭髮果然很漂亮。」

潔諾薇亞一邊幫愛西亞洗背，一邊這麼說。

「哪、哪有啊……我也想過要像潔諾薇亞同學那樣剪成短髮呢。」

愛西亞害臊地這麼說，但潔諾薇亞嘆了口氣，搖了搖頭。

「還是不要剪比較好。不，應該說千萬別剪。愛西亞還是長髮最好看。」

而正在幫潔諾薇亞洗背的伊莉娜跟著說：

「哎呀，潔諾薇亞留長頭髮的時候也很好看啊。」

「潔諾薇亞同學以前也是長髮嗎？」

聽愛西亞這麼問，潔諾薇亞如此回答：

「……那是很久以前的事情了。後來為了方便活動，才剪成現在這樣的短髮。因為我在和伊莉娜一起出任務的時候，頭髮被敵人抓住了，因此學到教訓，後來就剪短了。」

是喔，潔諾薇亞以前是長髮啊……雖然不太能夠想像，不過她留長髮應該也很可愛吧。

不過，她們每次動手搓洗，胸部就會晃動，真是太美妙了！潔諾薇亞和伊莉娜的胸部都不斷晃動著！腦內存檔腦內存檔！愛西亞的胸部的形狀也變得越來越美，哥哥開心極了！

伊莉娜摸了摸潔諾薇亞的頭髮說：

「可是可是，一誠喜歡的應該是長頭髮的女生吧？」

隔了一拍，潔諾薇亞開了口：

「…………是、是這樣嗎？……那我來問問莉雅絲社長和朱乃副社長，有沒有把頭髮變長的魔力好了。」

而身為當事人的我也偷聽到她們的女生話題……不過無論是長髮還是短髮我都ＯＫ！啊，可是我大概無法想像莉雅絲、愛西亞和朱乃學姊變成短髮的模樣。她們三位都非常適合長髮，尤其是莉雅絲，就是要有一頭紅色長髮才是莉雅絲．吉蒙里啊。

——正當我一心想著女生的頭髮長度，獨自點著頭認同自己的看法時，聽見了蕾薇兒生氣的聲音。

「黑歌小姐真是太過分了，居然把我冰在冰箱裡面的美濃屋的濃郁雞蛋布丁吃掉了！不可原諒！真是不可原諒！」

氣呼呼的蕾維兒和小貓一起泡在一個比較小的浴池裡。這個新的大浴場當中，設置了大大小小、各式各樣的浴池。

面對生氣的蕾維兒，小貓垂著她的貓耳，以歉疚的語氣說：

「對不起，蕾維兒，我也會好好唸姊姊幾句。還有，布丁我也會重新幫妳買回來。」

見到小貓一副真的非常過意不去的模樣，蕾維兒搖了搖頭說：

「別這樣……小貓同學不用道歉。我氣的是黑歌小姐，所以小貓同學不需要道歉啊！」

「……儘管如此……再怎麼說，她也是我的姊姊……」

「我們彼此都因為哥哥跟姊姊太不自愛，而吃了不少苦頭呢。」

蕾維兒苦笑著這麼說……她這樣說你耶，萊薩。不，我覺得萊薩現在也是個好哥哥了啊，他現在已經不像我剛認識他時那麼盛氣凌人了。

看著兩個學妹的感情變得越來越好，令我不禁莞爾。

……無意間，我比較起蕾維兒和小貓的胸部……不不，小貓暫時成長的模樣已經烙印在我的腦海裡了！未來她的身材會變得那麼火辣！我應該好好期待那邊才對！即使現在——

這時，一個小臉盆飛了過來，「叩」的一聲敲在我頭上！

「……反正現在的我就是比不過蕾維兒，但總之先丟再說。」

小貓毫不留情的投擲攻擊！不愧是小貓大人！看來她還是一樣聽得見我的心聲！

「……請您不要一直看我們這邊喔，一誠先生……」

害臊地這麼說著的是蕾維兒。啊啊，她越是這麼說反而越讓我想盯著一直看，可是小貓的吐嘈實在太激烈了，所以我不得不將視線移開！

不過，小貓和黑歌都在我身邊之後，看得出她們姊妹倆之間的心結逐漸解開了。小貓對黑歌嘮叨的模樣，都快要變成兵藤家日常生活中的一幕了。

自從組成恐怖分子應對小隊「D×D」之後，黑歌和勒菲也正式住進這個家裡來，而且非常順利地融入了這個家的生活。畢竟她們在隊伍成立之前就潛伏在兵藤家當中，會有這種結果，可以說是自然不過的吧。

而這樣的黑歌和勒菲兩個人，現在到附近的雜貨店去採買了。為了在這個家裡生活，得買齊缺少的必需品。

……對了，泡完澡之後，就和蕾維兒一起找勒菲詳談正式簽約的事宜吧。原則上，我們這次打算簽五年的契約。

勒菲是個實實在在的好女孩，能力也很優秀，只簽個一兩年太可惜，但要是簽了十年，又得擔心我這邊將來的發展不知道會變得怎樣。

契約為期五年感覺正好吧。不過，這個期間也是我幹練的經紀人蕾維兒，所提出的建議就是。以惡魔漫長的生涯來看，一年、五年、十年都是相當短暫的時間，不過對於原本是人類的轉生惡魔而言，五年已經算很長了。蕾維兒也是考慮到這點才訂出這樣的契約期。

如果五年後對彼此都依然有益的話，只要締結延長契約就可以了，所以這個問題就到時候再考慮。

……現在還是一邊在新浴室泡澡，一邊欣賞女生們的胸部吧！這裡是世外桃源！世外桃源就是這樣啊！

「呵呵呵，大家一起泡澡果然很開心。」

——說著，朱乃學姊不知何時跑到我身邊來了！

「是、是啊，真、真的很開心。」

朱乃學姊經常像這樣自然而然地來到我身邊呢。嗯……話說回來，朱乃學姊的胸部還是如此彈嫩，真教人受不了！

忽然，有個氣息離我越來越近。好像有人在浴池裡潛水。

仔細一看，是奧菲斯。她以仰臥的姿勢，在熱水裡悠哉游過。

「哎呀哎呀，奧菲斯，不可以在浴池裡潛水喔。」

儘管朱乃學姊如此叮嚀，奧菲斯依然游過我們身邊……龍神大人真是自由自在啊。真的很有自得其樂，活在當下的感覺。

我們將分身——莉莉絲的事情告訴了奧菲斯，但她的反應意外淡薄。

她只說了一句話：

「如果會成為一誠的敵人，吾想設法解決她。吾似乎不想，對朋友，造成困擾。」

只有這樣而已……她這麼重視我，我是很開心。可是，兩個奧菲斯必須對決的話，也太令人難過了……

真想設法把那個莉莉絲招攬到我們這邊來。雖然只和她說過一次話，不過我覺得她只是受到李澤維姆利用，本性應該和奧菲斯一樣才對。

她的狀況一定和受到舊魔王派以及英雄派利用的奧菲斯一樣吧。既然如此，我想我們應該有能夠理解彼此的餘地才對，我想如此相信！

……置身於這麼色色的狀況之中，我卻不禁思考起嚴肅的事情來了！我這才發現自己一直在想事情，並沒有充分享受到混浴之樂！

不行不行，號稱情慾化身的我怎麼可以這樣——

就在我甩頭的時候，莉雅絲悶悶不樂的表情映入了我的眼中。

「…………」

剛才還帶著微笑看著大家入浴的她，臉色一變，顯得相當憂鬱。而我大概察覺了原因。

「……妳在想葛瑞菲雅的事情嗎？」

聽我這麼一問，莉雅絲才赫然回過神來，露出苦笑說：

「……不好意思，你果然看得出來啊。嗯，你說的沒錯，我在想大嫂的事情。」

……聽說，葛瑞菲雅因為她的弟弟，歐幾里得的現身，以致至今處境依然相當困難。目前好像是待在吉蒙里城裡，處於軟禁狀態。

包括幫忙瑟傑克斯陛下的公務在內，就連吉蒙里城的女僕工作，她也被令禁止參與，完全不得插手現任惡魔政府的政事。

這大概是因為現任政府的高官們還在懷疑葛瑞菲雅吧——懷疑她謊報弟弟的死訊，背地裡欺騙了她的丈夫，瑟傑克斯陛下——甚至和李澤維姆有所往來。

……別人我不知道，但葛瑞菲雅絕對不可能做出這種事情！儘管待人處事很嚴厲，但會露出那麼美好笑容的女子，怎麼可能背叛我們！

不過，只有我或是我們這麼覺得的話，應該也不足以抹滅高官們對葛瑞菲雅的不信任感吧……舊路西法，以及和舊路西法相關者的存在，對於舊時代的惡魔們而言，就是如此具有威脅性，也是教人敬畏的對象吧。

「葛瑞菲雅後來都沒連絡過妳吧。」

我這麼一問，莉雅絲點了點頭說：

「……因為發生了那種事情，高層們對大嫂的批判也相當猛烈，現在就連想要連絡兄長大人都沒辦法……不過父親大人和母親大人都告訴我不需要擔心就是了……」

…………

既然有莉雅絲的父母跟在葛瑞菲雅身邊，應該是不需要擔心才對。而且米利凱斯八成也在那裡，她不至於感到孤單吧。

不過，葛瑞菲雅應該很傷心吧。原本以為已經死去的弟弟還活著，卻揭起了反抗所有勢力的旗幟。

那個傢伙……歐幾里得到底在打什麼主意我不知道，不過，他知道自己的行為讓他的姊姊和她身邊的人有多傷心嗎？

不，他大概不知道吧。什麼都不知道，他還採取了那樣的行動。

想到這裡，我心中的怒意就逐漸沸騰。

我對莉雅絲說：

「……葛瑞菲雅的弟弟。我想，他大概……不，他肯定會再次出現在我的眼前。」

「因為你們同是赤龍帝對吧？即使他是冒牌貨。」

聽莉雅絲這麼說，我點了點頭。

那傢伙對我的力量抱持著強烈的興趣，大概是因為他想完全掌控複製版赤龍帝的手甲(boosted gear)的能力吧。

既然如此，那傢伙必定會再次現身在我的面前。我覺得，以複製品的力量打倒真貨，對於那個男人而言，應該是一種愉悅吧。

……正合我意。就那樣輸給複製品，我也會愧對於赤龍帝之名。

我堅定地對莉雅絲宣言：

「——我要撂倒那個男人，把他拖去見瑟傑克斯陛下和葛瑞菲雅。」

被赤龍帝攞了一道就要由赤龍帝討回來——

「我不會輸給冒牌貨，因為我才是真正的赤龍帝。」

我握緊拳頭貼到自己的胸前，如此告訴莉雅絲。

「一誠……」

莉雅絲睜著水汪汪眼睛，朝我靠了上來——就在這個時候！

一種綿軟的極致觸感從我的背上襲來！

「呵呵呵，一誠現在的表情好威風，害我心裡小鹿亂撞呢。表情充滿男子氣概的一誠

……讓我好有感覺。」

朱乃學姊從背後摟住了我！啊啊，朱乃學姊柔軟的肌膚緊密地貼在我的身上！

被朱乃學姊趁虛而入，莉雅絲頓時變得不知所措，但立刻出聲抗議：

「等一下，朱乃！難得一誠為了我如此宣言耶！現在應該是我抱住他才對吧！」

「哎呀哎呀，逮到機會就搶先吃掉，這才叫做偷情吧。莉雅絲，妳可千萬不能大意喔，

正在等待機會的可不只我一個人呢。」

聽朱乃學姊這麼說，莉雅絲和我環顧四周——

愛西亞、潔諾薇亞、伊莉娜、小貓、蕾維兒，連奧菲斯都在。大家不知何時全都靠了過來，圍著我們觀察狀況！

潔諾薇亞一副深受感化的模樣，用力地點頭。

「原來如此，即使一誠已經向別人示愛也不用理會，還是可以橫刀奪愛啊。兩位學姊的攻防戰，比任何教戰守策都還要受用呢。」

不要學這種奇怪的東西好嗎！應該說，我也不是在示愛！只是止面向莉雅絲宣言而已！

「……小貓同學，看來想要突破名排序的高牆，或許需要採取一些大膽的手段呢。」

「……蕾維兒，我是打算等我長大之後，就會毫不客氣地發動攻勢喔。」

蕾薇兒和小貓眼睛炯炯有神地不知道在聊些什麼！

應該說！我被裸體美少女們包圍啦～～！我、我好怕鼻血會狂噴！我很想在這種極近距離下依序好好欣賞大家的胸部，但大概欣賞到第三輪就會失血而死吧，太危險了！而且，現在光是朱乃學姊那對最頂級的胸部貼在我背上就夠我受的了！

我一面摀著鼻子，一面為了盡可能多享受這種天堂般的境遇一秒，而拚命讓自己的心情冷靜下來。這時——

正當我品味著朱乃學姊的胸部觸感，同時準備開始大口深呼吸的時候，有人走向了我。

是圍著浴巾的羅絲薇瑟！

羅絲薇瑟居然會參加混浴，真是太稀奇了。她對這種事不算寬容，甚至可說是嚴格……

但即使隔著浴巾，也可以看得出來，她的體態有多麼完美。

臉色有點凝重的羅絲薇瑟對著莉雅絲說：

「……莉雅絲小姐，我想請妳答應一件事情。」

「咦？好啊，不過妳會對我有所請求還真是難得。」

的確。正如莉雅絲所說，羅絲薇瑟對身為主人的莉雅絲有所請求，這可能還是我第一次看到。因為羅絲薇瑟這個人，平常總是把大小事情都處理得無懈可擊。

不過，大概是我們從羅馬尼亞回來之後吧，我總覺得好像經常看見她在想事情。

「任何請求妳都會答應嗎？」

「我不知道妳有什麼請求，不過只要是我辦得到的事情，我都願意為妳實現，因為妳是我的寶貝眷屬啊。」

確認了這件事之後，羅絲薇瑟重重地嘆了口氣，並將視線轉向我。

「我知道了……一誠。」

「咦？啊、有。妳、妳找我嗎？」

我指著自己說。因為這指名也點得太突然了吧。

羅絲薇瑟紅著臉，直截了當地對頭上冒著問號的我說：

「——請、請你當我的男朋友。」

…………

這句話，讓我以及在場的所有人（除了奧菲斯以外），全都愣在原地——

Life.1 絕贊修練中！

動盪的十一月宣告結束，進入了第二學期的最後一個月，十二月。

才剛進入十二月沒多久，迎接我們的，就是第二學期最後一項學校活動——期末考。

……總、總之，姑且也算是考完了啦……

各科成績全都公布之後，那兩個白痴——松田和元濱帶著不懷好意的表情，來到我的座位這邊。

「結果怎麼樣啊？期、末、考、的、成、績。」

松田這麼問我。我嘆了口氣說：

「有什麼好怎麼樣的，就普普通通啊。國語的分數還不錯就是了。」

考出來的結果大概是比平均分數再高一點。

雖然說只是臨陣磨槍，但熬夜請莉雅絲她們陪我複習果然有用。要是沒有這麼做的話，老實說會很危險吧。

松田和元濱的結果好像也和我一樣。

「也是啦。到頭來，我們就連考試這方面也很普通呢。」

「總比考不及格好得多，這樣想就比較可以接受了吧。」

松田和元濱如此評價著自己的能力。

至於我……一下忙著要和魔法師簽約，一下又衝去羅馬尼亞，根本沒有時間念書。不過就算念了，我也很懷疑自己能表現得多好就是……

幸好我有很多優秀的伙伴可以陪我複習功課。應該說，神祕學研究社的伙伴們，分明遭遇也都和我一樣，卻一個個都比我會念書，害我有點忌妒！

——這時，教室的一角傳出了女生們的尖叫聲。

「嗯？女生那邊怎麼了嗎？」

我看了過去，而愛西亞大概是察覺到我的視線，就跑到我這邊來了。

「一誠先生！潔諾薇亞同學好厲害！」

伊莉娜也接著說：

「是期末考的成績啦，潔諾薇亞所有科目的平均分數居然超過九十分耶！」

……真、真的假的！平均九十幾分也太強了吧！而且還是在身為外國轉學生的不利條件下，考出這種成績來！我一問之下，甚至還有滿分的科目呢。

……潔諾薇亞這個人，因為老是只靠蠻力，經常被當成笨蛋，但看來腦袋還是比我聰明不少呢……戰鬥中大概只是拚過頭了而已吧。

潔諾薇亞也不因此而驕矜地說：

「我只是想試試看自己能拚到什麼程度而已啦，不過還是只有國語這科，再怎麼努力分數依然最低就是了。」

我好奇之下隨口向愛西亞問了潔諾薇亞的國語科成績，結果竟和我差不了多少……！這次考試，國語是我考得最好的一科，所以對我造成的衝擊更強烈了！……身為日本人的我，卻快要被潔諾薇亞超車啦！

「我考得就比潔諾薇亞和愛西亞同學差了一點。」

伊莉娜不好意思地這麼說，但她的平均分數也有八十幾分啊！比我優秀多了！愛西亞也和第二學期的期中考成績一樣，平均分數維持在八十幾快九十分！

……同年級的神祕學研究社當中，我是吊車尾的啊……！

就在我大受打擊時，眼鏡女孩桐生對我說：

「你們的小孩要是像到爸爸的話可就悲劇了。」

居然這樣調侃我！沒頭沒腦的提什麼小孩啊！

教會三人組倒是不以為意地接受了桐生的發言，還對她回話：

「這沒什麼，靠教育和環境總會有辦法挽救。」

「嗯、嗯，就是這樣！」

「只要有愛就可以養成一個好孩子！」

潔諾薇亞跟伊莉娜還有愛西亞，幹嘛都自然而然地向這傢伙回話啦，不需要好嗎！妳們剛才脫口而出的話非常不得了啊！妳們看，班上的同學們又開始對我投以異樣的眼光了啦！

「可惡！你這個叛徒！」

「我們要在愛西亞的支持者面前將你處刑！」

松田和元濱帶著忌妒的表情，同時對我出拳！好痛！可惡，現在是怎樣啦！

就在他們兩個白痴對我施展窮極的摔角招式時，潔諾薇亞用力點了一下頭。

「不過，這樣讓我更有動力實現目標了。看來，我果然應該認真去做才對。」

……潔諾薇亞那傢伙，最近有很多奇怪的行動。包括開始認真用功這一點也是，她甚至還自己一個人去找莉雅絲和蒼那會長，瞞著我們不知道在商量些什麼。

她偶爾還會請假不參加社團活動，跑去協助學生會處理公務。她說過，自己並不是討厭神祕學研究社，或是比較喜歡和西迪眷屬待在一起，而是她口中的「目標」所帶來的影響。

為了實現那個「目標」，潔諾薇亞認真對待著學業和平常的生活。

……潔諾薇亞的「目標」到底是什麼呢？無論我怎麼問她，她也只是說「目前還得保密」而不願鬆口。

這件事好像只有莉雅絲、朱乃學姊、愛西亞、伊莉娜，還有蒼那會長幾個人知道而已。即使我問莉雅絲她們，也只得到「在潔諾薇亞自己開口之前我們都不能說」這樣的回答，不過莉雅絲自己是看起來也非常開心的樣子。

如果我纏著愛西亞和伊莉娜一直問的話，她們說不定願意洩漏祕密，不過為了得到答案而做到這種地步，似乎也很失禮。應該說，我自己也不想這麼做，還是耐心等到潔諾薇亞主動報告吧。

這時，松田和元濱也整我整到氣消了，並說：

「對了，一誠。你寒假要做什麼？」

「對啊，我也正想問你有什麼計畫呢。」

……寒假啊。說的也是，期末考已經結束，馬上就要放寒假了。

「所以呢，到底怎樣？你寒假有時間出來玩嗎？」

元濱這麼問我，但──

我一臉愧疚地道了歉。

「這個嘛──不好意思。我超想出去玩的，可是神祕學研究社應該會有活動，所以我得先問過莉雅絲社長行程如何，否則什麼也說不準。我想，應該有很高的機率，得為了冬季的社團活動耗掉整個假期就是了。」

除了惡魔的工作之外，我也是「D×D」的成員之一。如果「邪惡之樹」在哪裡有什麼行動的話，我也得出擊應付才行，這是幾乎所有神祕學研究社成員都背負著的重要使命。

松田又追問：

「除夕到初三也沒空嗎？」

我們三個人今年元旦才一起去參拜，還許願說「希望今年一定要交到女朋友！」呢……原則上，對我而言這個願望應該是實現了吧。

「……嗯——再怎麼樣，那幾天應該也會空下來才對，不過現在還不能確定呢……」

我伸手摸了摸後腦杓，模稜兩可地這麼回答。

雖然身為恐怖分子應對小組的成員，新年期間還是想要休息一下……但說到頭來，惡魔有新年假期嗎？

元濱嘆了口氣。

「你最近好像很忙耶，就連假日也不太能出來玩。」

正如元濱所說，假日我也有訓練課程要做……如果不有效利用週末進行訓練，在關鍵時刻可就無法與敵人一戰了。

就這點來說，松田和元濱大概會覺得我這個人不太合群吧。

在這種狀況下，即使他們和我絕交也不足為奇，但這兩個傢伙到現在還是把我當朋友看待，我真的非常感激，也非常開心。

這時，松田一邊空手做出按壓相機快門的動作一邊說：

「我也去參加攝影社好了。現在入社或許太晚了，不過說不定勉強來得及參加明年的攝影比賽呢。」

攝影是松田的興趣。他加入攝影社的話，或許可以得到不錯的成績吧。

「對了，雖然跟我們的話題無關，不過你們聽過這個傳聞嗎？聽說最近經常有人在圖書室見到羅絲薇瑟姊呢。」

元濱像是突然想起這件事情，對我們這麼說。

……在圖書室見到羅絲薇瑟？我為此心生疑惑。同時，又覺得這件事可能和羅絲薇瑟最近狀況不太對勁也有關係。

「喔！我知道我知道。」松田先是如此附和，接著說：

「聽說她還看著書嘆氣對吧？我想想……聽人家講，她在看的是和聖經有關的書。你知道是怎麼回事嗎，一誠？」

……和聖經有關的書？我們確實是和聖經關係不淺啦。可是，儘管是出身自北歐神話的世界，羅絲薇瑟可是才女，應該也已經讀過聖經了才對。舊約、新約她應該都知之甚詳吧。

為什麼現在又看起聖經來了……？是不是想要再次確認什麼有關惡魔——或是「聖經之

神」的事情啊？還是聖經上的教誨、歷史、預言等等，有什麼讓她特別在意的地方？

我歪著頭「嗯——」了一聲，最後還是只能回答他們「不知道」。不過身為惡魔，真虧她有辦法觸碰和聖經有關的書籍啊。我知道了，她應該有學過這方面的防禦魔法，大概是詠唱過魔法之後才翻閱的吧，畢竟她也會用能夠在短時間內持握聖劍的魔法。不過，羅絲薇瑟還真亂來啊。

難不成，這和她之前在浴場的那番發言有關……？

松田對我說：

「我原本以為也是神祕學研究社的你，應該會知道才對……羅絲薇瑟姊的支持者們都很擔心她，你們神祕學研究社可以稍微商量一下，看有沒有辦法幫她解決煩惱吧。」

「嗯，我知道了。」

如果我們能夠解決羅絲薇瑟的煩惱，那當然是很想這麼做……只是不知道羅絲薇瑟願不願意跟我們商量這類事情啊……在戰鬥和生活上我們雖然互相扶持，不過到目前為止，她從來都沒有找我們商量過自己的煩惱。

正當我皺著眉頭、歪著脖子，東想西想的時候，元濱推了推眼鏡問我：

「說到神祕學研究社，你們接下來是誰要當新社長啊？應該差不多要做出決定了，不然莉雅絲學姊也無法卸任吧。」

——！

聽元濱這麼說，我一時之間不知該做何反應……對喔，已經是這個時期了。有些社團在第二學期之前就已經決定好新社長了。事實上，我們班也已經有同學當上社長了啊。

……理所當然，神祕學研究社也該進入世代交替的時期了。

新社長啊。會是誰呢？我實在想像不到。

包括羅絲薇瑟的事情在內，在這個年關將近的時節，我強烈地有一種好像有什麼事情就將要發生的預感。

—○●○—

要把心思放在神祕學研究社的人事上是無所謂，但身為赤龍帝最痛苦的地方，就在於不能只管這些事情。

即使是不需要上課的假日，我和伙伴們也還有很多事情要做。

其中優先度最高的事情——就是自我強化。也就是鍛鍊、修練了。

我們在吉蒙里領地下那個為我們準備的修練空間集合。

有的是各自散開，有的則是組成一對，大家都分別鍛鍊著自己的課題。至於我……則是變出了赤龍帝的手甲（boosted gear），面對著一個白色的物體。

這個白色的物體，是第一代孫悟空老爺爺用自己的毛以妖術變成的，類似式神的東西。形狀像人，是我的訓練對象。

第一代老爺爺交代給我的課題，是「以手甲倍增一分鐘的威力打擊對手」。不過，不是只有倍增一次，而是要增大好幾次。

這樣說起來好像非常簡單，但其實沒有那麼容易。增強力量之後打擊對手，只是鍛鍊的一環而已。

以累積一分鐘的威力打擊對手，打十次必須十次都是同樣的力道才行。

……這實在是難到不行。對我而言，可以說是超高難度。

如果只是累積力量打擊對手，那是相當簡單。但是，要我連續十次以同樣的威力打擊對手，難度就瞬間暴增了。

假設第一拳的威力是五，就必須十次都以五的威力打擊那個白色的人形式神，造成總計五十的傷害才行。

……我已經嘗試過好幾次了，都不成功。就算第一次、第二次都很順利好了，到了第三次、第四次，又或是第五次，打出去的威力就會變成四或六。

只要失敗一次，那個白色的式神就會宣告「失敗，從頭開始」。第一代在製造這個式神的時候，加上了測量威力的功能，能夠準確測量我所造成的傷害。

……我之所以要進行這項修練，起因是第一代指出了我的弱點。

——禁手化（balance break）（或是鮮紅鎧甲）的狀態，無法長時間持續。

簡單的說，就是我使用赤龍帝之力的方式太雜亂無章了。我的鎧甲狀態比起一開始剛禁手化（balance break）的時候，持續時間確實以極快的速率在成長。但儘管如此，始終還是有個時間限制在。這段時間到底有多長？使用多大的力量幾次之後就會解除？這些細節我目前都還是無法完全掌握。

……根據第一代所言，我釋放自己的力量、體力時，掌控得太過粗略。我被第一代老爺爺說，是認為自己有在控制輸出的調配，但其實調整的方式太憑感覺了。

……我完全無法回嘴，因為我也是心裡有數。

所以，我眼前的目標，就是變得能隨心所欲地釋放自己的力量。第一代說，如果隨時都能夠這麼做的話，鮮紅鎧甲的維持時間應該也能夠大幅延長。

我自己也這麼覺得。只要力量的分配做得夠完美，在任何狀況下戰鬥時都能夠仔細衡量剩餘的體力。不然再繼續這樣狂轟亂炸下去，八成無法對付今後得面對的敵人。尤其是那個持有赤龍帝的手甲（boosted gear）複製品的歐幾里得——

對於第一代的意見，阿撒塞勒老師也如此補充：

「我想，等一誠能將第一代出給你的課題執行到某種程度之後，在你體內翻騰不定的偉大之紅與奧菲斯的力量，或許也會穩定下來。現在，你的生命力在零與無限之間不斷來回，如果能夠得到穩定性的話……也許你就能進入下一個階段。」

下一個階段──

大家都說，我是唯一一個從偉大之紅和奧菲斯那邊得到力量的存在。但是，現在的我別說是運用了，就連接觸那股力量也辦不到。

如果進行這項修練到最後就能夠解放那股力量的話……我很想得到這種成果！

面對那些對手，我必須擁有更強的力量，否則肯定會造成伙伴們的犧牲。我不要這樣！我……我們要一起活到最後，共度和平的校園生活！

我夾帶著這股氣勢，對著第一代的式神出拳，但……

「失敗。剛才的攻擊威力為八，從頭開始。」

啊……糟糕，搞砸了。我不經意地趁勢出了拳，這樣可不行。我心裡在想什麼總是會立刻表現出來，一點也不夠冷靜。

即使內心的火焰燃燒得再怎麼熾熱，還是得平靜地像平常一樣出拳才行。不過，在需要爆發的時候，應該也可以豪邁地攻擊就是了。

我嘆了口氣──這時，在我的上空有一道白色的閃光，以不規則的軌道四處飛行。那是穿上鎧甲，並展開光翼的瓦利。

那傢伙偶爾也會來參加我們的修練……而與他進行模擬戰的對手，則是第一代孫悟空老爺爺。

個頭沒多高的年邁白猴，乘著一朵雲──觔斗雲，只以最小的動作，化解瓦利的攻擊。

……瓦利的魔力、魔法攻擊被如意棒輕易抵銷的光景，看得我目瞪口呆，說不出話來。

那個瓦利耶。號稱歷代最強的白龍皇……居然被一個身高跟幼稚園小孩差不多的老爺爺耍著玩！

當然，他們都沒有拿出真本領。要是他們認真打起來，即使是這個廣大的領域，可能也會崩塌吧。話雖如此，面對那個瓦利，還能夠以那麼小的動作，三兩下就制住他的攻擊！

……老爺爺只有將所需最低限度的鬥氣凝聚在如意棒的前端，就抵銷了瓦利的砲擊。他身上並沒有凝聚任何一絲鬥氣。

幾分鐘的攻防之後，瓦利解除了鎧甲，回到地面。於是第一代老爺爺也跟著回到這邊。

瓦利聳了聳肩說：

「……真不甘心，完全打不到。」

老爺爺拿起煙管抽了一口，笑著說：

「不不，你果然不愧為白龍皇。要是被你們二天龍的攻擊完全命中的話，老夫也會回歸塵土吧。如果只論攻擊威力，你們可是比老夫還要高強喔。」

話雖如此，我們卻完全不覺得自己的攻擊打得中他，這才是最可怕的地方。

單就攻擊力來說，我和瓦利在第一代老爺爺之上的確是事實。可是，我卻完全不認為自己贏得了他。

正如美猴所說，將妖術和仙術修練到極致的傳說級妖怪——這就是第一代孫悟空。

第一代對我和瓦利說：

「簡單來講，就是看你們能不能在進行攻防時，瞬間提昇力量至所需的強度，並施展出來。尤其是你們兩人在戰鬥中消耗的體力比一般人還要多出許多，要是隨時都從全身上下發出那麼高的能量，可就沒有續戰能力可言囉。赤龍帝和白龍皇都是各自隊伍中的主要戰力，要是在最需要你們的時候卻已經體力耗盡，那可就太不像話了。」

……也就是說，在平時和禁手(balance breaker)狀態下都要避免消耗多餘的體力，只在攻防的關鍵時刻提昇力量對吧。我和瓦利都需要壓低續戰力的消耗，減少不必要的負擔。

……不不，要做到這樣的難度可是非常高耶！在敵人的攻擊命中的瞬間，以及自己要出招攻擊的瞬間，都要在極短暫的時間內做出判斷並釋放力量……這可是超級嚴苛又困難的要求好嗎！而且對手也不見得只會照常攻擊，有時候總會做上一兩個假動作吧！我在和木場進行模擬戰的時候，也會被他的假動作搞到無法防禦而遭受攻擊啊！

現在我正在練習的課題，也就是力量的細微分配，還有第一代剛才說的，戰鬥中的瞬間判斷，這些對於剛開始進行異能戰鬥不到一年的我來講，實在是太吃力了……！

可是，要是能夠學會這些，應該就更能發揮我自己的特性、力量才對……

至於瓦利，他已經在進行比我更進階的修練了。和第一代進行對打訓練，並從中學習訣竅。那傢伙的力量分配已經比之前還要高超了，站在旁觀的角度也能夠看出他正在減少多餘的釋出，以必要的力量施展攻擊。

……那應該是與生俱來的天分吧，我可無法在一朝一夕之間學習到那種程度。另外，單論戰鬥經驗，也是他比我豐富。和我不同，這傢伙大概從懂事開始就在運用他的力量了吧。

第一代接著補充說道：

「以整體均衡來說是白色的強上好幾級吧。不過，在某些方面卻是紅色的比較強。尤其是純粹的攻擊力和直線速度，都是赤龍帝比較高超。」

……因為我進攻時經常沒頭沒腦地直線向前衝，結果這暴衝力得到第一代的賞識了嗎。誇獎我的攻擊力也是因為真紅爆擊砲吧。只不過啊，瓦利要是變身為極霸龍的話，應該就會一舉超越我的速度和攻擊力了。

我邊嘆氣邊說：

「話雖如此，但瓦利又不是進入那個銀白色的狀態，我也完全無法想像會贏就是。」

瓦利露出了帶著自嘲的笑。

「你也知道，我的極霸龍比你的鮮紅鎧甲還要難以駕馭得多了。光是能夠在訓練中使用那個鮮紅色的型態，你就比我高超多啦。」

聽宿敵對自己做出如此評價讓我覺得怪不好意思的，卻也又有點開心，但是……在緊要關頭使出關鍵一擊的能力，還是這個傢伙比較強，讓我有點不太甘心。

第一代吐了一口煙之後說：

「說到你那個極霸龍，比起霸龍自然是好上許多，但在戰鬥時激發出所有潛能這點還是一樣。也就是說，造成的負荷依然是在異常的水平。就算比起霸龍（juggernaut drive）是除去了危險因子，那招還是無法輕易連續、持續地使用——白龍皇需要克服的問題，在於因應需求輸出你那過於旺盛的力量。不過，這點赤龍帝也是一樣。」

第一代接著說了下去：

「赤龍帝之力是倍增和轉讓，白龍皇之力則是將對手的力量減半並納為己有——這就是自古傳承至今的神滅具（longinus），『赤龍帝的手甲（boosted gear）』及『白龍皇的光翼（divine dividing）』的能力。事實上，出現在二天龍過去的宿主身上，並讓他們賴以戰鬥的能力也都是這些。過去的宿主確實有些人曾以罕見的方式運用這些力量……但是像你們兩個人一樣，用這種亂七八糟的方式得到強化的人，可是從來都還沒出現過喔。」

——亂七八糟的強化方式啊。

瓦利試圖以自己的才能將白龍皇之力提昇到新的境界。而我……不知怎地，是透過胸部的力量和奧菲斯、偉大之紅的恩惠，而強化了各種特性。

……這樣的強化方式確實是很亂七八糟啊。想到自己一路至今遇過的經歷，我也不禁這麼覺得。

第一代看著我說：

「總之，力量分配的特訓還是得持續下去，但問題是你在那亂七八糟的經歷中，得到的白龍皇之力。德萊格和阿爾比恩都還沒回來吧。」

沒錯，正如第一代所說，目前德萊格和阿爾比恩都到神器(sacred gear)深處去了。他們之所以採取這次的行動，是因為之前在羅馬尼亞時出現在我身上的「反射」能力。

據說我所發動的那種「反射」，原本是阿爾比恩生前的能力。

阿爾比恩在出發前說過：

『上帝在將我們二天龍封印到神器(sacred gear)當中的時候，將我們還保有肉體時的幾項能力切割掉了……已經失去的能力再次顯現，這種事情之前從來沒有發生過。』

還保有肉體時的能力——

……而那消失的能力因為二天龍的和解而出現了啊。關於這個現象，不在現場的阿撒塞勒老師日前是這麼說：

「……這純粹是我的想像，不過，據說聖經之神在封印二天龍時消除了牠們的能力，但祂並沒有將那些能力完全摘除也說不定。祂以二天龍和解這個絕對不可能發生的要素作為金鑰，而將能力封印了起來——我是這樣猜想啦。」

……老實說，有點莫名其妙。不，「反射」是阿爾比恩原本就具備的能力，這一點我可以理解。但是，為什麼會因為他們兩個的和解而恢復就讓我完全搞不清楚了。

……假設和解真是關鍵好了，也還真是不知道聖經中的上帝究竟是有何意圖……

總之，德萊格和阿爾比恩的能力並不是完全解除了，目前恢復的就只有「反射」這一項而已。而且現狀來說，能使用的也只有我。真正的現任白龍皇瓦利身上，反而沒有出現這項能力。

即使曾將白龍皇之力納為己有，只有我能用也太奇怪了。所以，德萊格和阿爾比恩各自到自己的神器（sacred gear）深處去探索。他們相信，這樣做或許可以拿回還有肉體時的能力——

——但是，德萊格這邊毫無斬獲。畢竟，可能掌握著關鍵的歷代赤龍帝殘留意念已經全都升天了，就連想找他們問話也沒辦法。德萊格還說，他潛入赤龍帝的手甲（boosted gear）的更深處，找到了和偉大之紅以及奧菲斯的力量相關的神祕領域，但目前就連想要踏進去都辦不到。

因此，二天龍決定潛入歷代持有者依然存在的白龍皇的神器（sacred gear）深處。現在，德萊格和阿爾比恩互通意識，一起潛入了白龍皇（divine dividing）的光翼裡面。

瓦利說：

「出乎意料的，阿爾比恩他們似乎進行得不太順利……他們想徵詢歷代白龍皇的意見，但白龍皇們似乎相當討厭德萊格——赤龍帝。當然，除了積年累月的舊恨之外，他們也對兵藤一誠表示不悅。」

……被這麼說我也沒轍啊……歷代白龍皇們在神器（sacred gear）內部設立了一個「赤龍帝受害者會」，即使在德萊格和阿爾比恩和解之後，依然堅決表達他們的不悅。

……不，面對這種狀況我也不知道該說什麼才好，但感覺他們對我已經憎恨到會激動落淚，即使我道歉也解決不了任何事情……

……臀部嗎。是臀部的錯嗎……！可是取了臀龍皇這個名字的，可是奧丁老爺爺啊！我……或許是有點錯啦！

嗯——難道只能把奧丁老爺爺帶來向他們道歉了嗎……？

德萊格好像也將意識移動到白龍皇的神器（sacred gear）當中，去聽取歷代殘留意念的意見……但即使有阿爾比恩居中協調，還是窒礙難行。

真希望可以設法說服他們，讓二天龍在現役時代曾經擁有的能力能夠反映在神器（sacred gear）上……

第一代孫悟空老爺爺噴吐了一口煙，笑著說：

「總之，也只能期待他們的好消息了。而且等二天龍回來之後，讓現任赤龍帝小哥陷入苦戰的力量分配，也會變得比較容易調整。」

「真的嗎？」

我這麼一問，第一代便將煙管裡的煙灰敲進隨身煙灰缸裡，然後說：

「只要你對調節力量的方式稍微有點概念之後，再來只要有德萊格的輔助，就可以盡快在實戰當中實踐了吧。先領悟到訣竅之後，只要每天加強基礎的部分，到了緊要關頭時應該更容易進行協調。事到如今，老夫也不打算叫你一個人駕馭赤龍帝的力量，就是要和德萊格合力搭檔，才是你吧。但是，你也得學會某種程度的力量分配方式，否則還是會造成德萊格的負擔。正因為如此，老夫才會要你做這種修練。」

啊——原來這種修練還包含了這層意義啊……我原本還以為必須自己一個人學會神器(sacred gear)的所有特性呢。

說的也是。必須加上德萊格，才算是現任赤龍帝……在德萊格回來之前，我要繼續進行這項鍛鍊，盡可能減輕那傢伙的負擔。

我重新下定了決心——這時，瓦利展開了魔法陣。

「我先回去了。第一代，改天再請您陪我對練吧。」

聽他這麼說，第一代嘴裡唸著「好可怕、好可怕」，並挖苦似地笑了。

當然，在這個場地當中練習的不只我和瓦利。

「喔，是一誠啊。」

「妳們已經練完了嗎？」

潔諾薇亞和伊莉娜發現了走過去的我。

我目送第一代離開之後，來到距離稍遠的地方，和在這裡修練的劍士組，木場、潔諾薇亞、伊莉娜他們會合。除此之外還有魔力魔法組，聚在那裡的主要有莉雅絲、朱乃學姊、羅絲薇瑟、愛西亞，再來就是由黑歌陪同修練的小貓和阿加。基本上，大家平常主要都是各自分散，分別進行自己的課題，但偶爾也會整隊人馬聚在一起開會。

這次，蕾維兒沒有到這邊來。現在，她正在代替我針對和勒菲締結契約的事宜，在兵藤家進行最後的確認。照理來說，我也應該加入她們一起討論才對，但蕾維兒表示希望我盡可能多花一點時間在特訓上，就把我送來了這邊。

「包在我身上！真的需要一誠先生時我會再叫您！」

我幹練的經紀人都這麼說了，當然也就只有順從她的好意囉。

話說回來，我們在這裡特訓時穿的都是運動服，而在戰鬥中負責前鋒位置的成員穿在身上的，都會很快就變得殘破不堪。

像現在，潔諾薇亞和伊莉娜身上的運動服都已經變得破破爛爛的了，可見她們有多認真在進行特訓。

伊莉娜拍動著她的天使羽翼，來到我身邊。

「一誠，你看你看！」

伊莉娜興奮地這麼說，並在空中輕盈地飛了一圈，然後在半空擺出了像是特攝英雄一樣的姿勢。

啊，我發現伊莉娜的變化了——她的天使羽翼變成兩對！

「伊莉娜，妳的天使羽翼是不是變多了？」

我這麼一說，伊莉娜便挺起胸膛，自豪地開了口：

「呵呵呵，我今天早上接到了一個天啟，表示我身為天使的等級已經提昇了！於是我想變出羽翼看看，就像這樣！這也是看顧著我平日行善的米迦勒大人，所賜給我的恩惠吧！」

伊莉娜兩眼閃閃發亮，擺出了祈禱的姿勢。

這樣啊，伊莉娜身為天使更為進階了是吧。也對，仔細想想，我們接連經歷了這麼多場激戰。老實說，考慮到那些戰鬥，提昇她的階級也沒有人會說話吧。她目前已經締造那麼多功績了，而且再怎麼說，她好歹也是米迦勒大人的A（ace）。

潔諾薇亞佩服地點了點頭說：

「如此一來，妳身為天使能夠掌控的力量的領域就更大了吧。」

伊莉娜用力點頭。

「是啊，潔諾薇亞。像是想用保管在天界的神聖武器，也更容易得到使用許可了喔。之前必須經過好幾道審查才能通過申請，現在可以省略那些步驟了！」

是喔，現在可以這樣了啊。那今後伊莉娜就可以呼喚天界的道具過來囉？

潔諾薇亞伸手掩面。

「……我這個被人叫成自稱天使的朋友，終於要開始振翅高飛了嗎……！身為朋友，這是最讓我感到光榮的一件事了……！」

潔諾薇亞以顫抖的聲音這麼說……不不，妳也是叫她自稱天使的其中一人吧！

「潔諾薇亞真是的，別哭好嗎！這樣我會害羞啦！」

伊莉娜也沒有吐槽這一點，就這樣接受了！

我以眼角餘光看著兩人表現出的深厚友誼，並將視線移到木場身上。

木場面對著不斷散發出不祥氣焰的格拉墨，在附近展開了好幾層聖魔劍。他看著格拉墨，陷入沉思。

「嘿，情況怎樣啊？」

我這麼對木場招呼，而他還是沒有將視線從格拉墨上移開地說：

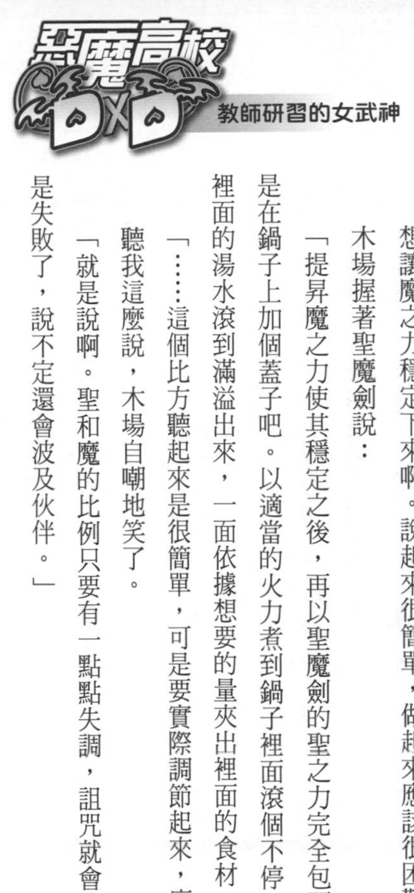

「我打算用聖魔劍來控制格拉墨，就像以王者之劍的力量控制杜蘭朵那樣。」

喔，這倒是相當有趣的嘗試。

木場繼續說了下去：

「首先，是靠聖魔劍當中的魔的力量，肯定格拉墨的詛咒，也就是負的一面。」

「肯定了會怎樣？」

「魔之力——像是詛咒之類，就會變得更強。但相對的也會朝負的方面更趨穩定。雖然增強不好的力量使其穩定也很可怕就是了。」

想讓魔之力穩定下來啊。說起來很簡單，做起來應該很困難吧。

木場握著聖魔劍說：

「提昇魔之力使其穩定之後，再以聖魔劍的聖之力完全包覆起來。打個比方，感覺就像是在鍋子上加個蓋子吧。以適當的火力煮到鍋子裡面滾個不停。之後，只要一面注意不要讓裡面的湯水滾到滿溢出來，一面依據想要的量夾出裡面的食材。」

「……這個比方聽起來是很簡單，可是要實際調節起來，應該非常困難吧？」

聽我這麼說，木場自嘲地笑了。

「就是說啊。聖和魔的比例只要有一點點失調，詛咒就會全部落到我的身上吧。不，要是失敗了，說不定還會波及伙伴。」

木場正在進行的課題就是這個啊。以聖魔劍的「魔」使格拉墨趨於穩定，然後再以「聖」完全包覆起來。力量會在內部不斷翻騰，然後一面注意別讓力量突然暴發，一面抽出力量使用。

只是說明的話真的很簡單。但是，真的要這麼做的話，應該需要相當程度的技術、覺悟，以及才能吧。

我揚起嘴角對木場說：

「可是，你不會失敗對吧。」

而他也露出了無所畏懼的笑容。

「是啊，我的確是不打算失敗。順利的話，或許還可以在刀身上附加屬性呢。如果辦得到的話，就可以創造出更多新的戰鬥方式了。」

「會屬性攻擊、又會拿劍當成立足點，還可以自己混進騎士團裡面，你真的很會以各種方式使用神器耶。」

我想，我身邊的人當中最會靈活運用自己的神器能力的，應該就是這個傢伙了吧。匙運用神器的方式也是越來越靈活，但和木場的技術一比，還是落後了一截。

木場如此評價了自己：

「我在眷屬當中算是破壞力並不突出的啊，所以必須增加更多攻擊招式，抓緊對手的可趁之機，才能夠生存下去。」

還真敢說啊，你不就是靠多樣化的招式戰鬥，生存至今的男人嗎。

木場問我：

「對了，你的特訓進行得怎樣？」

「還可以吧。也只能靠自己慢慢掌握要訣才行，而且還有些部分得等到德萊格回來才能夠繼續。」

那就是在對抗歐幾里得之戰當中變成新型態的「白龍皇之力」，會從寶玉當中飛出小龍，能夠發動「反射」和「減半」能力的，我的新力量。

我原本已經針對那招開始正式進行訓練了，但德萊格和阿爾比恩一起潛入神器(sacred gear)深處，結果就在漸入佳境的時候中斷了。

……那個力量相當有趣。之前已經練到開始能夠實現我的點子了，只要再配合真「皇后(queen)」的特性……

順道一提，那個能力的名稱已經決定叫做「白龍皇的妖精們(dividing wyvern fairy)」了。命名者其實算是莉雅絲，當時看見這個現象的她說：

「看一誠這樣不斷得到新的力量，就好像妖精棋局(fairy chess)一樣呢。」

就是因此而來。妖精棋局是西洋棋用語之一，意思好像是以非標準規則進行的西洋棋局。我的成長就像是非標準規則似的，讓莉雅絲不禁這麼認為，便脫口而出。於是就取其中的「妖精」，再加上外貌狀似飛龍，而決定出這個名字。

——這時，我的視野當中出現一陣刺眼的光芒。我轉過頭去面向那邊，只見上空有位閃閃發光的天使。他展開多達五對的純白羽翼，右手凝聚出巨大的火球，左手上則變出一根極粗的冰之長槍，頭上還冒出一大片雷雲，並讓雷聲轟隆作響。

——鬼牌·杜利歐。

……這個位於地下的場所冒出一片人造雷雲，那是杜利歐以神器能力變出來的東西。

他的神器能夠操縱天候，更能掌管存在於自然當中的火、風、水、土等各種屬性。就像那樣，即使在沒有天空的地方也能夠製造出人造雲。剛才那陣刺眼的閃光，大概是從那片雲落下的雷電吧。

站在杜利歐下方——是身穿黑色運動服的匙。他全身冒出黑色的火焰，與杜利歐對峙。匙最近也會出現在我們的修練空間當中，像那樣和杜利歐對練，或是參加我的模擬戰。

理由是——為了達到禁手。

只要和神滅具持有者對練，或是和吉蒙里眷屬一起修練，說不定就能夠達到禁手。由於蒼那會長如此提議，大家也都樂意協助。

既然成立了這麼一支隊伍，伙伴能夠變強當然是再好也不過了。尤其是擁有龍王之力的

匙，大家都很期待他的禁手化（balance break）。

我和木場一面為彼此解說，一面看著匙和杜利歐對練，但不久之後，杜利歐毫不留情地以火、冰、水、風、雷各種屬性施展連續攻擊，消除了匙的黑色火焰，匙也不支倒地。

獲勝的是杜利歐。匙打到一半便無計可施，只能一直防守。

……匙的能力，是以龍脈（line）施展各種附加能力為首，再加上黑色火焰的直接攻擊，還有以火牆封殺對手等等，相當多樣化。面對這些能力，杜利歐時而閃躲，時而化解攻勢，制住了匙的動作。

儘管雙方都不是禁手狀態（balance breaker），實力之差依然很明顯。

……我也曾經和杜利歐進行過幾次模擬戰……他有時候會冰凍我的手或腳，或是突然颳起橫風，妨礙我在空中的直線前進，並完全閃躲掉我的攻擊。

據伊莉娜所說：

「聽說鬼牌的個性，不是那種喜歡主動攻擊的類型。但只要他願意，還是能施展大規模的攻擊就是……」

似乎是這樣。

我也這麼覺得，相信伙伴們也都察覺到了吧。

鬼牌在修練空間的時候，總是不停閃躲再趁虛而入，選擇這種難易度較高的戰鬥方式。

木場在我身邊說：

「我想，那大概是鬼牌以他自己的方式進行的訓練吧。他刻意給自己設下限制，藉此考驗自己。聽說他擅長大範圍攻擊，對近身戰鬥就不太拿手了，所以大概是想克服這一點。」

鬼牌・杜利歐，基於其神器(sacred gear)的特性，比較擅長改變天氣進行大範圍攻擊。如果對手是我或者潔諾薇亞，要是進入近身戰鬥被揍了一拳，就會立刻完蛋。他還曾經如此自嘲呢。

……提昇近身戰鬥的行動力。這就是杜利歐的修練啊。

——這時，結束戰鬥的匙做了一下伸展操，放鬆了身體之後，來到我們身邊。

「唉——輸慘了輸慘了。憑我目前的實力還是無法給最強的『神聖使者(brave saint)』鬼牌好看吶！」

雖然看起來心有不甘，但匙已經不像我們去羅馬尼亞之前時看起來那麼悲觀了。

我在出發前往羅馬尼亞之前和這個傢伙聊過一下，當時的匙對於自己無法達到禁手(balance breaker)而相當煩惱的樣子。

當我在那邊被捲入那場紛爭的期間，他的心境似乎產生了某種變化。

匙面對著我們說：

「謝謝你們今天也讓我用這個地方進行特訓啊，那我要去『學校』了！」

匙口中的「學校」是蒼那會長好不容易打造出來的，第一所任何人都能夠就學的排名遊

戲學校。目前還沒開始招生，不過正在實施校園開放的活動，據說許多對學校有興趣的家長們，帶著孩子從冥界各地前往。

這幾天好像都有人去參觀，再加上學生會的工作，讓西迪眷屬相當忙碌。

我對匙說：

「我們家的莉雅絲社長也說下次放假的時候要去幫忙，所以我們也會過去。」

沒錯，莉雅絲提議要去幫蒼那會長他們的忙，我們吉蒙里眷屬加上伊莉娜、蕾維兒，大家都欣然答應了。

聽我這麼說，匙露出了微笑。

「你們肯來幫忙真是太好了。哎呀——光靠我們幾個沒有經驗的人，實在無法接待所有來賓。不過姑且塞拉歐格老大也說從今天開始會過來幫忙，我們也請了講師來演講。」

這樣啊，能夠有那種盛況是再好不過了。不過，這就表示有那麼多無法就讀相關學校的小孩，而且他們將來也都想參加排名遊戲吧。

一般的惡魔們對於未來的選擇相當有限——

這就是冥界的內部狀況，也是現實。在這個世界，只有具備一定地位的人，還有幸運被上級惡魔撿到的人，才能夠避苦享福。

「那下次就再拜託你們啦！」

匙留下這句道別，便消失在轉移魔法陣當中。

這時，杜利歐從天而降，然後從懷裡拿出甜甜圈大口一咬。這麼說來，聽說他的興趣是到處吃東西是吧，是個走遍世界的美食家。

「我一定得補充甜食才能活下去。」

鬼牌還真是無拘無束啊……

不過，人不可貌相，他可是我們「Ｄ×Ｄ」小隊的年輕隊長呢。

大家的特訓都告一段落之後，我們利用回家之前的最後一點時間開了會。

「──以上，我們術法組的報告到此結束。也就是說，我的必殺技目前還是無法省略積蓄力量的時間，朱乃則是漸漸可以不需要靠手環進行墮天使化了。」

兩位大姊姊報告結束之後，這次的會議也即將結束。

「…………」

身為隊長的杜利歐……已經半睡半醒了。

每次進行特訓時他都會出現，但一進入開會時間，他就會被瞌睡蟲纏上，頻頻點頭。

伊莉娜擺出道歉的姿勢說道：

「……葛莉賽達修女也說，鬼牌願意每次參加這種行事已經是奇蹟了，請原諒他吧！」

莉雅絲也嘆了口氣，苦笑著點頭。

「沒關係，伊莉娜。我想他的實力自然是貨真價實的，事到如今我不會再懷疑他，也不會因此指責他啦。」

莉雅絲原本都以「伊莉娜小姐」稱呼她，但不久之前開始直接叫她的名字了。雖然不知道她們兩個人之間發生了什麼事，不過事到如今確實不需要叫得那麼生疏了。

莉雅絲望著我們，換了一個話題。

「關於我們要去蒼那蓋的學校舉行的校園開放活動幫忙，相信大家都已經知道了。其實，今晚有位客人會來兵藤家，是要在那所學校為學生和家長們講授特別課程的講師。我接到了聯絡，說那位講師突然決定要造訪兵藤家。」

喔喔，就是匙提到的那位講師吧。那個人要來我家？為什麼？

正當我心生疑問時，忽然感覺到有人在看著我。當我轉過頭去——發現羅絲薇瑟的視線正朝向我這邊。

而羅絲薇瑟也發現到我在看她，迅速將視線移開。

……是、是怎樣？難不成，是因為她之前對我說的那件事……不，應該就是這樣吧。

——請、請當我的男朋友。

她對我這麼說！而且還是在浴室，並當著大家的面！

在那之後並沒有什麼特別的進展，不過……

「…………」

莉雅絲一臉複雜地看著我。

「…………」

朱乃學姊也是一臉憂傷地看著我和羅絲薇瑟、莉雅絲。

……是怎樣，這是什麼狀況……？年長的大姊姊們都帶著不太開心的表情沉默不語！

我聽見教會三人組交頭接耳的聲音。

「……妳們看，愛西亞、伊莉娜。年長組有動靜了喔。」

「這表示羅絲薇瑟小姐也參戰了對吧？」

「……平常總是從容不迫的莉雅絲姊姊和朱乃學姊都是這種反應……」

「愛西亞，年長組有年長組的狀況。連那個朱乃副社長都困惑成那個樣子了，由此可以推測，想必是發生了意料之外的攻勢……這或許是個好機會。」

「咦？妳、妳打算做什麼啊，潔諾薇亞……？」

「伊莉娜、愛西亞，如果想挑戰那個原本無法觸及的天上世界，現在對我們來說或許是個衝進去的好時機。」

「可、可是，我們也得顧及莉雅絲姊姊的立場……」

「不！我們應該積極進攻！說不定有機會可以把他帶走關起來！」

「這、這不是綁架嗎！身、身為天使的我可不能做到這種地步……」

「伊莉娜都已經變成情色天使了，說這種話也沒有任何說服力喔。妳去一誠房間的時候不是都沒穿胸罩嗎？真是戰意高昂啊，伊莉娜。」

「那、那是……為了身體健康！」

「妳的眼神都飄移到我快看不下去了。與其這樣，不如就下定決心了吧。好，附耳過來，愛西亞、伊莉娜。咱們圍成一個圓圈，聽好了，像這種時候——」

是怎樣，教會三人組圍在一起，把聲音壓得更低，開始交頭接耳起來了。

……不過，原、原來伊莉娜都沒穿胸罩啊！我就覺得她的胸部特別會亂彈、特別好動，因為該穿的東西沒穿當然會大動特動啊！

……正當我不知該作何反應時，又聽見了黑歌和小貓的對話。

「現在這就是那個狀況對吧。橫刀奪精的絕佳時機喵！」

「……姊姊，這太寡廉鮮恥了。」

「悠哉地在說些什麼啊，白音。妳也該發動攻勢了。再這樣下去，妳永遠都只會被當成小孩子看待喔。如果只是一些輕微的喵喵情事，現在的妳應該也辦得到才對喵♪」

「…………………不、不可以！」

「啊，妳剛才稍微考慮了一下對吧？白音色色喵，真是太色了喵。」

「我才不色！只、只是不知道該怎麼反應而已！」

「真是的，就是要夠色才算是貓又喔！妳只要做些只有還這麼小的時候才能為他做的事情就可以啦♪」

「夠了，我不想理姊姊了啦！小加，我們到那邊去！」

「……咦？嗯，好。」

唉呀，她們兩姊妹好像吵了一架，小貓都把加斯帕拉到旁邊去了。黑歌本人倒是滿心歡喜的樣子。

木場一邊露出苦笑，一邊把手放在我的肩上說：

「你要加油喔。」

……嗯。雖然搞不太懂是怎麼回事，不過我會加油。

「……呼嚕……天界蒙布朗吃到飽……」

說著夢話的杜利歐……你看起來真是幸福啊，隊長！

結束特訓之後，我們回到兵藤家，開始準備迎接那位講師。

總之，我們先在平常用的那間貴賓室準備迎賓茶點。因為人手只要有住在我們家的人就夠了，所以就讓木場和加斯帕先回家休息去。

由於修練後流了一身汗，手邊沒事的人便依序迅速入浴。我也先洗好澡了，洗得神清氣爽之後，和潔諾薇亞以及伊莉娜一起完成了貴賓室的打掃工作。

茶點的準備則是愛西亞、蕾維兒的領域。她們兩個人已經飛快地烤起手工餅乾來了。

「好吃好吃。」

在一旁偷吃剛烤好的餅乾的，是我們的吉祥物——奧菲斯。她吃著愛西亞和蕾維兒烤好的餅乾，塞得滿嘴都是。

儘管有點粗略，但迎接客人的準備大致上已經完成，所以我和潔諾薇亞、伊莉娜準備到一樓的起居室去稍作休息。

「——客人已經到了，我們到地下的轉移室去吧。」

這時，朱乃學姊來叫我們。於是我們便前往地下，準備迎接客人——

我們移動到地下的轉移室。

黑歌和勒菲在自己的房間待命。因為黑歌有可能做出失禮的舉動。而勒菲覺得只有黑歌一個人被排除在外對她不好意思，所以也主動離席。當然，我們也不會讓奧菲斯露臉。就由住在兵藤家的吉蒙里眷屬，再加上伊莉娜、蕾維兒來迎接客人。

轉移室的地板上形成了一個北歐術式的閃亮魔法陣。

在我們守候著跳躍之光逐漸變強時，莉雅絲說：

「不好意思，最後才告知大家這件事；這次要來這裡的客人，其實是羅絲薇瑟的祖母。聽說她在北歐世界──阿斯嘉，也是一位相當知名的魔法好手。」

──！

聽了莉雅絲的報告，大家都吃了一驚，看向羅絲薇瑟。而羅絲薇瑟本人則是一臉複雜極了的表情。

轉移之光逐漸增強，最後一口氣迸射開來──

在跳躍之光平息之後，出現在這個地方的，是一位身穿深藍色長袍的初老女性。她的神情看起來相當精悍，身高也和她的孫女羅絲薇瑟差不多。姿勢端正，整體看來很是纖瘦，如果不看臉的話，大概不會覺得她是這麼一位年長者。

羅絲薇瑟的奶奶看著我們說：

「幸會，各位日本朋友。我的孫女有勞各位照顧了。」

奶奶看著自己的孫女。至於羅絲薇瑟──她並沒有別開視線，但嘴角有點向下撇，感覺並不是很歡迎她來，但又還不到強烈抗拒的程度。

羅絲薇瑟的奶奶正式自我介紹：

「我是格恩達爾。是羅絲薇瑟的祖母，今後也請多關照。」

並第一次露出了微笑。

嚴謹的舉止讓人感覺不出她上了年紀，感覺隱約和羅絲薇瑟跟我們第一次見面的時候，有那麼點相似。

我們帶著羅絲薇瑟的奶奶——格恩達爾女士，來到了貴賓室。招待了她茶水點心之後，我們介紹了一下彼此。

「也就是說，格恩達爾女士也將參加不久之後在阿加雷斯領舉行的魔法師聚會。」

——莉雅絲如此說明。

聽說，有一群知名的魔法師準備在阿加雷斯領的某個城鎮聚會，坐下來討論一些事情。一群非惡魔人士能夠前往冥界的城鎮，就表示與會者想必都是相當有分量的好手。像我們是因為身為惡魔，又有墮天使的前總督和天界的特別關照，才能夠比較自由地前往各種地方，但這是特例中的特例。如果是一般的人類、尋常的魔法師，根本不可能前往惡魔的世界、墮天使的世界，以及天界。對正常人而言，這些地方已經超出他們所能感覺到的範圍，屬於異界——也就是超自然的領域。

然後，那些知名魔法師們要討論的內容，據說都是些稀奇的術式、古代的魔法、禁術等等，這類的東西。就連惡魔方面的研究機構，也會派遣研究員前往參加這次的研討會。

莉雅絲補充說明：

「其實有非官方消息指出，目前在各勢力突然多出了許多對古代魔法，或是對被視為禁術的魔法有相關知識的術士失蹤的案例。」

——！

原來發生了這種事情啊。難不成，這也和李澤維姆那個傢伙有關係嗎？

「該不會是恐怖分子幹的好事吧？」

對於我的提問，莉雅絲並沒有明確肯定，但也沒有否定。

「……不知道是離群魔法師自己擅自行動，還是『禍之團（Khaos Brigade）』在背後操縱……無論如何，這似乎都讓術士們強烈地想要找個機會見面，彼此交換情報。」

羅絲薇瑟的奶奶——格恩達爾女士原本安靜地閉著嘴，這時也緩緩開口了：

「雖然這是還沒對外公布的消息……其實在這次聚會當中，我們準備朝著將自己的研究主題——將自己最擅長的術法暫時封印起來的這個方向進行討論。」

「將術法……將各位的魔法封印起來嗎？」

聽蕾維兒這麼問，格恩達爾女士點了點頭。

「那些是我們花費畢生心血鑽研出來的成果，與其被不明的狠毒壞人拿去利用，不如在一連串事件平息之前先封印起來比較妥當。」

也對，沒有人能夠忍受自己的力量遭到濫用。更何況要是對別人造成困擾，說不定還會被追究責任。而且禁術聽起來就很危險，其中也有一些外流會造成嚴重後果的術法吧。

格恩達爾女士繼續說：

「我聽說，墮天使的組織——神子監視者對反魔法相當有研究。關於這次的事情，我們打算委託墮天使來封印我們的術法。」

……雖然只要提起神子監視者的反魔法，我就會想到那位威武的特攝幹部……不過墮天使那邊是真的有在做研究，可以放心交給他們啦。

格恩達爾女士交換了一下交疊的雙手，繼續說：

「如果自行施加封印的話，要是被擄走之後加諸了催眠，就很有可能會被破解；如果請其他術士封印的話，也會有被偷走的風險。既然如此，找目前在非人者的世界當中，越來越值得信賴的墮天使的研究機關，應該是最穩妥的做法了。」

是喔，阿撒塞勒老師他們在那個方面的評價也變得這麼好了啊。也對，在三大勢力同盟之前，大家對他們最主要的印象還是邪惡組織，不過現在，他們向許多勢力提出和議，還提供自己的技術。不久之前，他們也答應要協助吸血鬼們進行神器(sacred gear)的研究。像這樣的行動一點一點累積起來，才造就了大家現在對他們的信任吧。在這麼短的期間內可以做到這種程度，真不簡單。

格恩達爾女士說：

「——於是，我們決定在進行封印之前，先彼此交換一下意見。雖然有些術士拒絕參加這次聚會……不過這依然會是一次寶貴的溝通機會，我也表明要參加了。而且，蒼那‧西迪小姐也邀請了我。」

啊啊，所以到冥界那所學校去當講師也和這件事有關啊。

莉雅絲接著說了下去：

「就是這樣。格恩達爾女士是為了魔法師的聚會，以及到蒼那成立的那所學校去演講，才到我們這邊來。」

然後，莉雅絲稍微說明了一下接下來幾天的行程。

格恩達爾女士之後就會住下來，在這個鎮上過個幾天，配合我們的假日一起前往冥界。之所以能夠實現這樣的行程，是因為我們的假日和在冥界舉行的魔法師聚會日期正好重疊。

在場的所有成員都了解了事情的原由，晚一點也得告訴木場和加斯帕才行。

接著，大家就開始閒聊了。

莉雅絲說：

「羅絲薇瑟的祖母也曾是女武神之一呢。」

喔喔，是這樣啊！那羅絲薇瑟之所以會想當女武神，也是受到奶奶的影響囉。

「我一直說她太不得要領、不適合，偏偏她就是不聽。」

格恩達爾女士毫不保留地這麼說。羅絲薇瑟本人則是紅著臉，壓低了視線。

將茶杯放到桌子上之後，格恩達爾女士問了羅絲薇瑟：

「羅瑟，妳應該知道我來這裡的理由之一是什麼吧？」

……她都用「羅瑟」來稱呼羅絲薇瑟啊。

「在場的男士只有一位。所以——就是他囉？」

格恩達爾女士的視線移到我身上。

羅絲薇瑟站了起來，重重地呼了一口氣，然後說：

「沒錯。他就是我的男朋友，兵藤一誠。」

…………

……原、原來是這麼回事啊……前幾天她在浴場對我告白，就是因為這樣嗎！

這是那種狀況吧？因為跟故鄉的奶奶說了自己在這邊交到男朋友了之類？

格恩達爾女士說：

「羅瑟，妳擅自離家出走，擅自轉生成惡魔，又擅自在這裡當起人類世界的老師……真是個老愛讓我擔心的壞孫女。」

「唔……這……」

面對奶奶的指責，羅絲薇瑟無法反駁。

莉雅絲為她解釋：

「祖母大人，這些事情全都是因為我延攬她而起，並不全是羅絲薇瑟一個人的錯，請別再責罵她了。」

然而，格恩達爾女士並未就此停止繼續說下去。

「不，吉蒙里家的公主，您的所作所為並沒有什麼問題。好吧，嚴格說來或許是有點問題，但我就是想好好罵罵這個沒跟我商量，憑著一時衝動就改變生活方式的孫女。」

「……聽了耳朵好痛啊。」

潔諾薇亞一邊啃著餅乾一邊這麼說。嗯，你是應該好好聽聽老奶奶的話，好好反省。

發現自己的語氣越來越強硬之後，格恩達爾清了清喉嚨，又說：

「算了，這件事姑且擱著。關於奧丁大人把你忘在這裡的事情，我也向祂抗議過了，這件事我就不再追究。」

啊，奧丁老爺爺也挨罵啦。也是，把自己的隨從留在日本就自個兒回去，就算是痴呆老

人也太過分了。而且再次見面的時候，祂身邊已經有新的女武神跟著了啊。北歐的主神大人也該好好反省！

格恩達爾女士對羅絲薇瑟說：

「我是擔心妳啊。只有課業和魔法學得來，其他事情都不得要領，老是少根筋，真不知道妳在這個遠東地方當老師會不會給人添麻煩……所以我一天到晚對妳說，要是妳有個男朋友我也會比較放心。結果，妳居然就說已經交到了……」

……原來是這麼回事啊。為了不讓奶奶擔心，所以才告訴她自己有男朋友了……她、她指的就是我……？不，只是因為奶奶決定來日本，所以才在一時衝動之下決定找我假扮她的男朋友吧。唉，果然，羅絲薇瑟看起來很冷靜，但其實總是靠當下的衝動在過活！這點要說很像吉蒙里眷屬的風格也沒錯啦……難不成，莉雅絲找到的眷屬全都是些很衝動的傢伙，也算是命中註定嗎……？

羅絲薇瑟靠到我身邊來，挽著我的手說：

「一誠是個很可靠的男人，而且還是傳說中的赤龍帝，更已經升上中級惡魔了，前途可以說是不可限量！」

聽、聽她這麼說，我是很開心啦……

但我偷偷看了莉雅絲一眼——

「…………」

就看見她的笑容都僵住了——！肯定是大受打擊吧！應該說，是難以承受這種狀況，也無法理解，已經停止思考了吧！

「……不好意思！我去換一下茶！」

朱乃學姊也是一臉很難受的樣子就離開了！

「我、我去幫朱乃小姐的忙！」

蕾維兒還很貼心地出去追朱乃學姊了！

然而，羅絲薇瑟她們兩祖孫還是夾著我繼續對話。

「妳們交往多久了？」

「……三、三個月！」

「——既然如此，應該已經有過男女關係了吧？」

這位老奶奶說話也太直接了吧！羅絲薇瑟的表情也變得僵硬到不能再僵硬了！不過，她還是用盡全力接下這招，滿臉通紅地以顫抖的聲音說：

「這……這個……我們又還沒結婚……再、再說！我會有這種貞操觀念，是阿嬤……是奶奶一直洗腦我的吧！」

「我不是教妳在出嫁前不能以身相許，是要妳看清楚，別被奇怪的男人平白占便宜。」

「我、我嘛想和查甫相好啊！」

挽著我的手的羅絲薇瑟如此吶喊，鄉音都跑出來了！

「所以我不是叫妳趕緊結婚，不就什麼問題攏無啊！」

哎呀，奶奶也冒出鄉音來了！

格恩達爾女士發現了現場的氣氛越來越不對勁，再次清了清喉嚨。

「——我允許你們交往。」

這句話讓羅絲薇瑟瞬間反應不過來，茫然地叫出聲來。

「…………咦？」

「『咦』什麼『咦』啊？我說你們可以交往。這樣妳就可以和喜歡的男人結為連理了不是嗎？好了，妳們下次就去約個會吧。」

「不、不是啦，可、可是！」

羅絲薇瑟瞬間慌張了起來。

然而，格恩達爾女士以堅定的眼神說：

「——下次見面的時候我會好好問個清楚。不只問妳——也會問妳的男朋友。今天非常感謝各位，我先告辭了。」

說完，格恩達爾女士離開這裡，前往蒼那會長準備好的住宿處。

羅絲薇瑟的奶奶離開之後，貴賓室裡面的氣氛依然很是僵硬。

莉雅絲依然僵在原地，愛西亞她們也提心吊膽地看著現場的狀況。

羅絲薇瑟抓住我的手，紅著臉向我請求：

「…………不好意思。只、只要一下下就好，請你幫我這個忙……現在……已經無法回頭了……！」

……於是我和羅絲薇瑟的約會就此定案。

Life.2　冥界的學校！

羅絲薇瑟的奶奶拜訪兵藤家的隔天，我在樓上的空房進行和勒菲締結契約的最終手續。

蕾維兒身為我的經紀人也負責居中協助，勤快地幫忙準備文件和專用的魔法陣等等東西。看著她迅速俐落的動作，我唯一能說的也只有感謝了。

「真的都是多虧有蕾維兒在，締結契約的事情才能進展得這麼順利。」

聽我這麼說，蕾維兒一面準備儀式的形式上會用到的動物血（據說是從小吃店買來的鱉血）和蠟燭，一面說：

「不，是因為我們有幸遇見一位好的締約對象，事情才能夠進展得如此順利。」

得到如此好評，勒菲似乎覺得害羞的樣子，忸忸怩怩了起來。

我們的契約書是以惡魔文字寫成。簡單說明一下內容的話，大概就是些「我要和這個人締結契約。締約之後，可以做那些事情，不可以做這些事情」之類，都是在人類世界的契約書上也很常見的內容。

我拿小刀劃開掌心，鮮血隨即滲出。最後一個步驟，就是用自己的血，以惡魔文字寫下自己的名字，而勒菲也同樣用自己的血以魔術文字簽名。

如此一來，文件的部分就完成了。只剩下正式的儀式。我和勒菲走進以動物血畫成的契約用魔法陣，彼此唸出締結契約用的咒文。

魔法陣開始散發出奇異的光芒。

「吾，以勒菲．潘德拉岡之名，向吉蒙里眷屬『士兵（pawn）』兵藤一誠請願。與吾締結盟約，成為盟友吧。」

咒文內容相當簡略。在某些情況下，詠唱咒文時還要連談成契約的經過、契約內容都交代過才行，但我和勒菲是先有信賴關係才會締結契約，所以能省略的地方都可以盡量省略。

我也詠唱出默記好的咒文。

「以莉雅絲．吉蒙里的眷屬『士兵（pawn）』兵藤一誠之名，宣誓與汝，勒菲．潘德拉岡締結盟約。呃——今後請多指教。」

最後點頭行禮的我果然是日本人！勒菲輕輕笑了一下，也跟著點頭。

「好的，請多指教。」

吉蒙里的家紋浮現在我和勒菲的額頭上，然後跟著完成任務的魔法陣的光輝一起消失。

……簡單到不行的儀式就這樣結束了，真的沒問題嗎？

我偷偷瞄了蕾維兒一眼，只見她滿意地不住點頭，看來是成功了。剛才我們簽在文件上

的名字好像也因此得到了力量，發出紅色的光芒。

「……這樣就完成了嗎？」

原則上，我還是向蕾維兒確認了一下。

「是的，這樣就可以了。如此一來，一誠先生和勒菲小姐就是工作上的伙伴了。」

蕾維兒如此宣告。

這樣就可以了啊。該怎麼說呢，之前經過了好多書面審查的步驟，可是最後要搞定的時候，倒是一下子就解決了呢。

不過，契約締結完成是很好啦……

「所以接下來我和勒菲該做些什麼才好？」

既然已經締結契約了，是不是要立刻做些工作伙伴該做的事，像是開始研究魔法之類？

蕾維兒清了清喉嚨，然後說：

「這就要看勒菲小姐怎麼決定了。如果要立刻開始進行魔法的實驗，等一下就可以召喚一誠先生了。又或者是明天才要進行實驗的話，只要明天召喚就可以了。」

也就是說全看勒菲囉。

蕾維兒補充：

「這次簽的是五年約。只要這五年以內能夠做出什麼好成果，對一誠先生這邊來說，就已經是萬幸了。」

「也就是說，不需要立刻做些什麼特別的事情囉。」

我這麼說，蕾維兒也點了點頭。

總而言之，現在先完成締結契約的手續就可以了吧。接下來五年內，就看我可以和勒菲做出什麼成果來了……不過應該也不用太急躁吧。

蕾維兒確認契約順利完成之後，開始準備紅茶。她架起折疊式的茶几，擺好茶杯，開始準備茶水。

「我們來喝杯紅茶，慶祝成功吧。」

契約後的茶會啊。和惡魔締結契約，在普遍的印象當中都是恐怖又嚇人，沒想到會這麼平和。雖然這大概也是因為吉蒙里家屬於例外，特性格外溫和的緣故吧……我當然也完全沒有想要在締結契約的時候，刻意醞釀出可怕的氣氛就是了啦。各個自古傳承至今的上級惡魔世家的風格都不太一樣，而吉蒙里家真的算是特別溫和的一支。

締結契約之後，我和蕾維兒、勒菲一起邊喝紅茶邊聊天。

聊著聊著，勒菲這麼說了：

「不過，我真沒想到羅絲薇瑟小姐的祖母就是那位知名的格恩達爾女士。」

「她很有名嗎？」

我這麼一問，勒菲點了點頭。

「北歐流傳的魔術——盧恩式、精靈魔術甘道爾式、降靈魔術賽茲式等等她都會用，相當出名。」

蕾維兒也接著說：

「羅絲薇瑟所使用的是在盧恩式當中加入『女武神』獨自創造出來的系統而成的術式。而且她還提過，其中也加入了她自己想出來的簡略術式呢。」

勒菲從懷中拿出手冊，翻開某一頁。上面畫了好幾個魔法陣。那種魔法陣的圖案我看過——是羅絲薇瑟常用的術式。

勒菲說：

「我想起來了，因為她畫出來的魔法陣相當罕見，讓我不禁記了下來。羅絲薇瑟的魔法是自學的，我想，她應該是將所見所聞加入了自己的方程式當中吧。」

「這種做法很罕見嗎？」

我這麼一問，勒菲搖了搖頭。

「不，想出自創術式的魔法師並不罕見，每個魔法師多少都會有個最適合自己使用的術式。只是，羅絲薇瑟小姐加入魔法陣當中的魔術文字非常高深。羅絲薇瑟小姐自己建構出來的這個式子，乍看之下或許會覺得是北歐經常使用的形式，但仔細一看就可以知道這是個經過精密計算的魔法陣。」

勒菲指著手冊上的魔法陣這麼說……不過對魔法不甚了解的我還是看不太懂。多虧有蕾維兒和勒菲，我現在對掌管屬性的魔術文字稍微有些認識，但若是牽涉到比較專業的知識，我就一竅不通了。

蕾維兒接著勒菲的話說下去：

「黑歌小姐也說過，羅絲薇瑟小姐的術式是將魔法力的消耗抑制在最低限度，並且追求以最有效率的方式提升攻防力。以人類世界的電子遊戲來打比方的話，一般而言消耗十點ＭＰ、威力五十的魔法，她能夠以自己的術式將消耗ＭＰ壓低到五點，而施展出來的威力還是一樣——這樣聽起來似乎很簡單，不過好像只有相當高超的術士才能夠實現呢。」

勒菲也點頭同意蕾維兒這番話。

原來如此，聽起來相當淺顯易懂。威力相同，卻能將消耗壓低是吧……羅絲薇瑟平常總是隨手亂發各種魔法攻擊，原來她在發出每一招魔法的時候都有考慮到消耗的問題啊……

話說回來，黑歌那個傢伙還拿ＲＰＧ來打比方啊……她確實經常溜進我的房間打電動。只要我一沒注意，她就會一直打下去。

而且連小貓和蕾維兒也都開始陪她打電動，不知不覺間住在兵藤家的成員就辦了電玩大賽的情況也不稀奇。不過，現在先不提這件事了。

……但是，如此一來，我又對羅絲薇瑟冒出了一個疑問。

「……同為眷屬，我很清楚羅絲薇瑟的實力相當堅強。不過，為什麼羅絲薇瑟沒有學和她的奶奶一樣的魔法？盧恩式和甘道爾式也就算了，我不記得有看過什麼賽茲式的魔法。」

關於盧恩文字和精靈魔法，羅絲薇瑟都教過我，也覺得她好像有加進了魔法陣當中。不過，我好像沒看過羅絲薇瑟用過什麼降靈術……那應該和召喚又不太一樣吧。我也完全不記得羅絲薇瑟提過她擅長那種魔法。

既然羅絲薇瑟的奶奶是那麼厲害的術士，身為她的孫女，就算是盧恩、甘道爾、賽茲全部都會用，也不會覺得不可思議吧。

對於我的意見，蕾維兒和勒菲也只是面面相覷，回答不出什麼所以然來。這也就是她們也為此感到奇怪的證據。

嗯——我苦思不解。總覺得，我最近好像很常因為羅絲薇瑟而感到不解喔？話、話又說回來，聽她說出「請當我的男朋友」之後，即使不刻意為之也會注意到她就是了。

忽然，蕾維兒清了清喉嚨，然後說：

「話說回來，一誠先生。聽說您接下來要和羅絲薇瑟小姐一起出門呢。」

——！

……沒錯，結束締結契約的儀式之後，我就要和羅絲薇瑟一起出門了。向自己的奶奶放話之後，騎虎難下的羅絲薇瑟下定決心和我約會。而且明明是昨天才發生的事，我們今天就已經要去約會了。

羅絲薇瑟好像是想在奶奶還在這個城鎮的期間內讓她看到成果，再加上有點自暴自棄了，才對我提出請求吧。

……既然羅絲薇瑟都拜託我了，我也不可能拒絕，而且今天在晚上的訓練之前也沒什麼事，所以我就答應了要和她約會。

知道這件事的蕾維兒露出氣呼呼的表情，模樣煞是可愛。

「和羅絲薇瑟小姐一起外出，或許是同為吉蒙里眷屬的兩位為了加強交流而不可或缺的舉動，可是，一誠先生也得照顧好莉雅絲小姐和朱乃小姐才行！非得這樣做才行！」

蕾維兒把臉貼了過來，如此訓誡我。

「……我想，改天您也得和莉雅絲小姐還有朱乃小姐一起出去才可以。」

說、說的也是。蕾維兒說得一點也沒錯……昨晚，朱乃學姊衝出貴賓室之後，是蕾維兒前去安撫她的呢。

隨即，蕾維兒又紅著臉說：

「…………而、而且，我自己也很想和一誠先生去逛街……」

聽自己的經紀人客氣地這麼低語，害我有點動心！

「改天，我也會陪蕾維兒去逛街啦。當然，還有莉雅絲跟朱乃學姊——」

我說到這裡，一旁的勒菲也不經意地舉起手來，所以我說：

「也會陪勒菲一起去。既然都這樣了，我會陪住在這裡的所有人一起去逛街啦。反正大家年底應該都得買點東西，或是年初找個地方去玩也不錯。」

在歲末年初的時節，女生應該比男生有更多必需品得買吧，尤其是兵藤家這個年，想必會以史上最多的人數一起度過。

聽我這麼說，蕾維兒和勒菲都開心地同時叫了聲「「太好了♪」」。

「吾也要去逛街。」

這時龍神大人也從衣櫥裡蹦了出來！奧菲斯，妳哪時躲到這個房間的衣櫥裡了！

唉，這下子大概沒時間和松田、元濱他們出去玩了吧……不，我是很想至少抽個一天出來跟他們一起玩……只是這樣一來，好像又得顧及木場和加斯帕他們了。

…………

我煩惱了一陣子，最後對蕾維兒說：

「……蕾維兒，不好意思，妳能不能以小時為單位，幫我列出今年底到明年初的行程表？要連訓練時間也排進去喔。總覺得我必須先把行程詳細規劃好，否則無從行動……」

赤龍帝的行程實在是滿檔到了一個極限了啊。我最近開始覺得，自己大概是歷代最忙的赤龍帝了吧。

和勒菲締結了契約之後，我回到房間換好外出用的衣服，然後到玄關去等羅絲薇瑟。

玄關已經擺了一雙長靴……這該不會是羅絲薇瑟的吧？該怎麼說呢，因為她不像是會穿長靴的人，我一開始還以為是莉雅絲或朱乃學姊的呢。

不久之後，我感覺到有人從樓梯上走下來。我轉過頭去，看見的——

是身穿短大衣配上飄逸短裙的羅絲薇瑟！

…………出現在我眼前的，是打扮得就像時下十幾歲女生的羅絲薇瑟。這不是平常在家裡看到的那個老是穿著運動服的羅絲薇瑟！

一頭長銀髮也整理得很整齊，大概也塗了護唇膏吧，嘴唇看起來相當水潤。

沒錯，站在那裡的並不是平常那個土裡土氣的大姊姊！看羅絲薇瑟打扮得像同年齡的女生一樣……害我只看一眼就心跳加速！

「……那、那個……」

我說不出話來。而羅絲薇瑟大概也察覺到這一點了吧，臉色瞬間刷紅。

「……請不要突然這麼驚慌失措好嗎？這樣連我也會不知道該如何是好。我偶爾也會打扮成這樣啊。」

羅絲薇瑟的聲音聽起來有點失望。

啊啊，我太失禮了。可是！大概是看慣了平常的羅絲薇瑟吧，現在看她打扮成時下女生的風格，可不是驚訝兩個字就足以形容！是革命！我的心中掀起了一場革命！

「不好意思，那、那我們走吧。」

就在我這麼說的時候，視野的角落忽然冒出人影。

我稍微移動了視線——發現出現在走廊另外一頭的是莉雅絲和朱乃學姊。莉雅絲看起來和平常沒什麼兩樣，朱乃學姊的表情則是有些傷心。

莉雅絲說：

「天黑之前要回來喔，我們還得開個行前會議，討論前往冥界的事宜。」

「「是。」」

我和羅絲薇瑟如此回答，莉雅絲隨即苦笑著說：

「我會勸阻潔諾薇亞她們，以免她們去打擾你們兩個人。」

啊，她們確實很有可能跟過來……我和朱乃學姊約會時，大家也跟蹤過我們呢。不過當時莉雅絲也加入了跟蹤我們的行列……或許是發現我想到這件事了吧，莉雅絲嘆了口氣。

「我不會跟過去啦。無論如何，我都會相信自己選擇的男人，即使發生了什麼事情，我也不會動搖。我對於羅絲薇瑟的動向是很好奇，她突然說要請你當她的男朋友確實也讓我嚇了一跳，不過，無法相信一誠的話，我哪能算是莉雅絲．吉蒙里呢。」

她微笑著這麼說……真是個好女人啊。她打從心底相信我，也相信眷屬。

「不過，你改天得和我還有朱乃約會才可以喔。」

莉雅絲眨了眨眼，這麼說。

「那當然囉，妳們不嫌棄我的話。」

「——改天可以和一誠約會！」

聽見我說的話，朱乃學姊的表情開朗了起來。妳不嫌棄的話，我很願意陪妳一起出去喔！只是……我的行程實在很滿，不知道會排到什麼時候就是了！

就這樣，我和羅絲薇瑟離開了家裡。

說是和羅絲薇瑟一起出門，卻不是待在這個鎮上。因為羅絲薇瑟說她想去東京，於是我們決定移動。

我們從離家最近的車站搭上前往東京的電車，搖晃了一小時左右之後，抵達新宿車站。

接著在新宿車站轉車，前往我們的目的地——

「……是不是外國模特兒啊。」

「好漂亮喔……」

在車上，眾人紛紛對羅絲薇瑟投以好奇的目光。這也是理所當然。有這麼一個美少女出現，任何人都會盯著看吧。只是，她也散發著讓人不敢親近的美女光環，所以沒有任何一個人來找她搭話。

至於羅絲薇瑟本人，或許是因為視線都集中在她身上的關係吧，她顯得有點害臊，感覺不是很自在。

「……如果穿運動服或套裝的話，應該就不會這麼引人注意了吧……」

羅絲薇瑟低聲這麼說。

「才沒這回事呢。無論穿著如何，妳長得這麼可愛，一定會引人注意啊。」

我說出自己最直接的感想，然而羅絲薇瑟……

「…………」

卻紅了臉！

喂喂喂，平常的羅絲薇瑟應該會嘆口氣，酷酷地回上一句「我就姑且當作你是在誇獎我好了」之類的才對吧！

朱乃學姊那個時候也是，在只有我們兩個人一起出門的時候反應就變得這麼可愛也太犯規了吧！我也不知道該怎麼繼續對話下去啊！

在車上，我們沒有再多聊些什麼，經過十五分鐘左右的車程，便抵達我們要去的車站。我們到達的地方，是距離市中心有段距離的車站。羅絲薇瑟說她想去的地方就在這棟車站大樓當中，於是我跟著她走，最後來到占地一整層樓的百圓商店。

才剛到這裡，羅絲薇瑟就露出歡欣鼓舞的表情。

她帶著燦爛的笑容，微微顫抖，並且開了口：

「……這、這裡就是我連作夢也會夢到的，迎合女性的大型百圓商店……『貝拉』！店名在義大利文當中有美麗、美女的意思，而這個品牌進的貨也全都是適合女性的時尚單品！這裡最大的特色，就是商品的功能性、實用性之高，乍看之下一點也不像只有百圓……啊啊，你看！像這個盤子看起來就很時尚！啊啊，那個筆筒的外型多美啊，而且越看越覺得俐落！不，這邊這個分明只有這麼點大，收納功能卻很驚人……！」

……羅、羅絲薇瑟把我拋在一旁，開始拿商品起來看了。平常從來沒看過她的表情這麼燦爛，像這樣隔著一段距離觀察她，才再次覺得她真的只是個年紀和我差不了多少的女孩。

……只是，她的品味就有點……我也沒想到今天特地跑來東京，居然是來逛百圓商店。

瞧她打扮成這樣，原本還以為會去更熱鬧一點的地方，進到更時尚一點的商店呢……

「一誠，你看！這個和那個還有那邊的東西，全部都只要一百圓！完全沒有要價兩百圓

甚至是三百圓的商品呢～～！」

羅絲薇瑟興奮不已。該怎麼說呢，我不禁覺得即使改變了造型，還是無法改變個性上這有點可惜的部分。

不過，這樣也才像是羅絲薇瑟啦。

「一不小心就花掉了一萬圓……不愧是東京的『貝拉』，太可怕了……」

羅絲薇瑟打開錢包，一邊看一邊如此呻吟。

逛得差不多了之後，我和羅絲薇瑟在附近咖啡店的露台座位區休息。

買一百圓的東西花掉一萬圓。也就是說，羅絲薇瑟買了差不多一百件商品。或許是覺得真的買太多了吧，她請附近的宅配業者寄送。明天應該就會寄到我家了吧，那一大堆東西。

……話說回來，一萬圓啊。大老遠跑來東京逛街，結果在百圓商店花了一萬圓買東西……她本人似乎很滿足，這樣當然是很好啦，不過年輕女孩特地跑來東京逛街買東西卻是這種買法，真的沒問題嗎？

正當我為羅絲薇瑟的未來感到有點擔心時，她忽然對我說：

「……你、你是不是覺得很無聊啊？不、不好意思，只顧著自己一頭熱地買東西……」

或許是因為我一臉凝重的樣子吧，羅絲薇瑟尷尬地這麼說。

「不，沒這回事。光是可以和羅絲薇瑟來東京逛街我就很開心了。」

這是我的真心話。我第一次和羅絲薇瑟兩個人出遠門，感覺很新鮮。現在也像這樣看到了她平常不太常看的一面，我怎麼可能會覺得無聊呢。

羅絲薇瑟端起杯子喝了一口咖啡後說：

「……仔細想想，這是我第一次和男生約會呢。」

——！

聽見這番衝擊告白，我驚訝得無言以對。真是太不敢當了，這樣反而讓我覺得，由我來擔任第一次約會的對象這麼重要的角色，真的好嗎？

「選我真的好嗎？」

我不禁隨口這麼問。木場應該比我更懂得如何照顧女生，阿撒塞勒老師應該可以開他最自豪的跑車載她來東京。和他們兩個人相比之下，我的約會風格應該是普通到不行吧。

羅絲薇瑟有點害臊地說：

「如、如果，有人要我在身邊的男生當中選一個約會對象的話，我大概也會挑一誠……你、你可別誤會喔！是『如果』！『如果』！這只是假設性的話題！」

羅絲薇瑟紅著臉，又喝了一口咖啡——但，她隨即嘆了口氣，臉色一沉。

「……我在故鄉一直只顧著用功念書，即使身邊的儲備女武神們都為了化為瓦爾哈拉的

戰士的帥氣英靈們聊得非常熱絡……我依然為了趁同期因異性而分心時盡可能向前邁進，一直坐在書桌前啃著書。」

……這樣的過去教人一點也不難想像。她一定是不斷灌輸自己「骯髒！齷齪！不好好念書怎麼能在人生中獲勝！」之類的觀念，硬是說服自己坐在書桌前面吧……

羅絲薇瑟望著遠方出了神。

「……多虧我把青春歲月都耗費在念書上，總算是當上了女武神，不過現在回想起來，我也會覺得當時還是應該多少玩樂一下才對。」

「妳在說什麼啊？妳還這麼年輕耶。也不過才大我一兩歲而已，接下來……不，即使從現在開始享受青春也不奇怪吧。」

真的，她還太年輕了！因為擔任教職，身邊的人和羅絲薇瑟自己都忘記了她的年齡，但她還是能夠歌頌青春的十幾歲少女，說那種老人回首往事似的話還太早了啦。

「而且能夠當上奧丁老爺爺——能夠當上主神的隨從非常厲害啊。曾經在神話的主神身邊工作，真的是很了不起的經歷。」

雖然羅絲薇瑟最引人注意的是個性有些可惜的一面，但仔細想想——不，不需要仔細想，也能體認到她的經歷和所具備的能力是多麼厲害。如果是我的話，不管投胎幾次，也無法擔當起主神的隨從這份重責大任吧。

「……可是祂把我丟在這裡。」

羅絲薇瑟變得有點沮喪。

……她要這麼說的話，我也無話可說了。不過，也是因為這樣，才讓她有緣成為我們的伙伴就是……

羅絲薇瑟的表情變得憂鬱。

「……而且……我並沒有像一誠你們說的那麼了不起。」

說著，羅絲薇瑟從懷裡拿出一塊繡徽。上面刻有頗為複雜的徽紋……以盧恩文字排列而成的層疊圓形，相當獨特。這應該是我第一次……不，昨天晚上我也有看過……沒錯，羅絲薇瑟的奶奶，格恩達爾女士轉移過來的時候，發動的魔法陣上畫的就是這個徽紋。

羅絲薇瑟接著這麼說：

「這是我們一家代代相傳的特有徽紋……算是一種家紋吧。由家族中的長子代代繼承這個徽紋，刻印在心靈、身體上，傳承至後世……而我身為長子——身為長女，卻……」

說到這裡，羅絲薇瑟停頓了一下，以更為落寞的聲音說了：

「……無法繼承這個徽紋。」

羅絲薇瑟娓娓道來。

北歐——住在阿斯嘉的半神一族的各個世家，都研發出獨特的魔法、技術、傳統，加以琢磨，並由下一輩繼承。這是他們最重視的一件事。而在世代傳承之際，為了證明繼承者延續了家業，必須將獨特的徽紋——將紋章刻印在心靈與身體之上。

羅絲薇瑟她們家也不例外，代代在繼承人交接時都會將徽紋傳承給下一代。羅絲薇瑟的媽媽繼承了家的紋章，羅絲薇瑟身為其長女，原本也應該承接下來才對。

——然而，羅絲薇瑟卻無法繼承紋章。

無論怎麼進行繼承儀式，紋章都無法寄宿到羅絲薇瑟的身心以及魔法術式上。

羅絲薇瑟拿著繡徽說：

「……因為我沒有其他兄弟姊妹，最後，紋章是讓別的遠親繼承。我還記得很清楚，當時那個孩子的繼承儀式進行得非常順利，一陣難以言喻的氛圍籠罩著周遭的人和我……原本，家裡的歷代術士所擅長的魔法我就不是很拿手……該說是和我的調性不合嗎？尤其是賽茲式的降靈術，我到現在還是無法掌控。盧恩式和甘道爾式我是學會了，不過我學會最多的，還是女武神們所使用的戰鬥用攻擊魔法，連我自己都嚇了一跳……現在我已經是家族當中首屈一指的攻擊型魔法師了……我的家系一直都是均衡而熟習地使用盧恩、甘道爾、賽茲等魔法，我在家族中可以說是唯一的異類。因為我最拿手的都是些家族當中不太常用的魔法……幸好我還上了女武神……只是成績和現役時代的祖母相比，簡直不像樣……」

羅絲薇瑟有些失落地如此表白。

……無法配合家中代代相傳的傳統，卻在其他領域展現出才能。這點讓我在腦中閃過塞拉歐格的身影。他的狀況也有點類似，不過他身在大王家，還得牽扯到冥界的政治因素，身上背負的東西又和羅絲薇瑟不同了……對於生在普通家庭的我而言，所謂的繼承問題，真是複雜到我無法完全掌握。

聽說她在女武神時代也不太擅長收集勇者的靈魂，一直到奧丁老爺爺叫她到身邊之前，都過著懷才不遇的生活。

不過，我不禁覺得這是命中註定。這個人果然是註定要加入火力為重的吉蒙里眷屬。學了一大堆攻擊魔法的女武神！這只能當作是莉雅絲遇見眷屬緣分全部都集中在這一點了吧。

羅絲薇瑟紅著臉說：

「……我們家歷代的術士，擅長的都是和精靈溝通，或者是降靈術。然而，卻只有我一個在吸收攻擊魔法方面特別突出，簡直就像海綿一樣……最後，甚至還專精到能夠提高效率、重新檢視消耗。就連一開始還誇獎我的父親、母親，後來也覺得很傻眼。」

我一邊抓了抓臉頰一邊說：

「可、可是，妳暫時返鄉的時候，不也學了防禦魔法回來嗎。」

「是啊，是這樣沒錯……但總之我就是走上了不同於家系的方向。小時候……我還懵懵懂懂地覺得自己會繼承整個家族的傳承，並和祖母一樣當上女武神，以為這一切是理所當然

會如此，身邊的人也都如此期待。可是，到頭來卻沒有實現。理所當然的事情，就這樣從我眼前溜走了……直到現在，我仍然不知道自己的將來會怎樣，也不知道自己想做什麼。正因為對未來感到不安，我才會想要確實做好人別人交代給我的工作，並且對金錢精打細算。」

她不是沒有才能。不過，卻不是周遭的人所期望的那份才能。可是，因為能力夠強，還是找到了工作。然而，對於自己到底想做什麼，卻還是找不到答案——

羅絲薇瑟的煩惱，是屬於「天生我材，卻無法用於應用之處的人」的煩惱吧。我才覺得她和塞拉歐格的處境很像，但追根究柢還是不一樣。

羅絲薇瑟一面收起繡徽，一面繼續說了下去：

「……我的雙親、祖母、族人，都沒有因為我無法繼承而責怪我，至今仍然一如往常地對待我……家裡的人都覺得『族裡偶爾總會出現這種孩子』，很快就釋懷了，這雖然讓我覺得很欣慰……不過，要是有人批評我幾句的話，或許我也可以因此而強烈反抗，改變自己的生存之道，往更極端的方向走去吧……不，現在這種狀態要說極端也很極端就是了……」

她之所以想變成惡魔，或許有一部分也是因為想拋開這些吧。

「奧丁大人挑中我當隨從的時候，我真的很開心……雖然祂讓我傷透了腦筋，我還是覺得這份工作很有成就感……但最後還是被祂丟在這裡就是了。」

那位奧丁老爺爺的隨從恐怕也只有這個人能夠勝任了——這是我後來輾轉從別人口中得

知的評價。應該說，目前在女武神當中擔任隨從的期間的最長紀錄保持者，就是羅絲薇瑟。

聽說，繼任的女武神也因此而吃了不少苦頭。

羅絲薇瑟仰望天空，嘆了口氣，回顧起自己至今為止的生涯。

「……在故鄉沒有享受青春反而跳級畢業，當上了女武神，卻無法繼承家族相傳的紋章。女武神時代沒有做出什麼亮眼的成績，卻當上了奧丁大人的隨從……跟著奧丁大人一起來到日本，結果轉生為惡魔，還在人類世界當起老師來了……像這樣回首來時路，還真是輾轉不定，都不知道自己到底能當什麼、能做什麼了。」

她如此自嘲。確實是相當輾轉不定啊。其他的吉蒙里眷屬成員，一路走來也都歷經驚滔駭浪，這支隊伍真的聚集了許多各有苦衷的人呢。

「……不過，我確實覺得很對不起我的祖母。因為我不覺得自己達成她的期待……」

羅絲薇瑟微微低著頭這麼說。

……看來，對於無法繼承家傳的紋章這件事，她真的感到非常過意不去。

羅絲薇瑟看著我的臉，赫然驚覺似地開始道歉：

「……真是抱歉。一直對一誠講我的過去講得這麼久……即使是交情很好的人，我也是不太提這些事情的……大概是因為祖母來到日本，讓我很想找個人說說這些吧。」

「沒關係，我完全不介意。我反而覺得更了解羅絲薇瑟一點了，感到很開心。」

羅絲薇瑟不太講自己。喜歡百圓商店、酒量不好之類的部分，她並沒有刻意隱藏，卻不太喜歡提起自己的事情。看來今天的約會是個寶貴的經驗。

羅絲薇瑟有點害臊地接著說：

「我並不後悔選擇變成惡魔喔！福利條件相當優渥，薪水也非常高。未來的展望也比北歐時代還要多元、光明。各位吉蒙里眷屬也全都是好人，環境也很棒……雖然吉蒙里眷屬經常平白碰上各種狀況，滿辛苦的就是……不過，我在駒王學園的教師生活，比我原本所想像的還要有成就感喔。」

「當老師很開心嗎？」

「是啊，我原本也沒想過，教導別人是那麼開心的事情。」

學生對羅絲薇瑟的評價很高。身為公民老師的羅絲薇瑟，上課的方式相當出色，能夠為學生整理出重點，所以她負責的班級的分數都很高。最重要的是，她的年紀沒有比學生大多少，又是個漂亮的外國老師，因此不分男女都對她很有好感。即使她經常叮嚀學生，對待學生也相當嚴格，大家卻都能夠接受她的意見，沒什麼人反抗她。

比她資深的老師似乎也很疼愛她，而且因為只有她能夠管得動不按牌理出牌的阿撒塞勒老師，也更讓她受到重視。

對了，說到老師……我說出浮現在腦海中的那件事：

「妳打算接受蒼那會長的邀約嗎？」

沒錯，蒼那會長向羅絲薇瑟提出了邀請，希望她未來可以到會長建立的學校當老師，去教導魔法。

「我還在考慮。當然，會長的意思也不是要我在這一兩年內就要怎樣就是了……反正，我們不久之後就會去那間學校了，我打算邊參觀邊想。」

這樣說也對。要是隨口答應的話，如果之後有了什麼變數反而失禮，當然是自己親眼看過之後再判斷比較好。不過，連塞拉歐格都請求她，希望她可以當魔法老師，足見他們對羅絲薇瑟的功力有很高的評價。

「我還不知道自己能做些什麼，不過，我很喜歡教導別人。不，應該說我喜歡上這件事了。所以，我很期待這次去幫忙喔。」

羅絲薇瑟微笑著這麼說。

她一路走來碰上那麼多風波，現在總算試著以自己的方法，找出活在當下的方式了吧。

「如果有什麼事情的話，隨時可以跟我說。要發牢騷也可以，有事情都可以告訴我。」

「那麼，就請你再陪我出來逛街吧。和一誠一起逛百圓商店的感覺還不賴，而且這樣祖母問起來我也比較好交代。」

啊哈哈哈……又是百圓商店啊……不，是無所謂啦。只是，就算是我也覺得去看個電影，或是到哪裡觀光之類的比較好。不過，既然她本人逛得這麼開心，就這樣也不錯吧。

「——即使比起令祖母，妳也毫不遜色喔。」

——！

……聽見了第三個人的聲音。放眼四下尋找聲音的來源時，我才察覺到我們背後的座位傳來一道氣息……不知不覺間就被人摸到我們後面來了，而且這顯然不是可以令人放心的人所散發出來的氣息。

羅絲薇瑟也立刻擺出警戒的架勢。

我轉過頭去——看見的是一名銀髮的青年。他身穿西裝，五官端正。我見過這個人。畢竟，我們之前才在羅馬尼亞打過一架。

男子——歐幾里得・路基弗古斯，笑著向我們打招呼。

「幸會，赤龍帝兵藤一誠，以及前女武神羅絲薇瑟。」

……這傢伙為什麼會出現在這裡？光天化日之下居然就這樣在東京現身！

即使想變出神器（sacred gear），周遭也盡是一群無辜的人。不可以在這裡跟他打起來。

我保持警戒地瞪視著，而他輕聲笑了一下。

「我今天不是來見你的，兵藤一誠。我是有事情要找那位小姐。」

歐幾里得看向羅絲薇瑟。

他伸出手說：

「我就開門見山地說了——羅絲薇瑟，妳想不想來我們這邊？」

——！

這、這是怎樣……！他是來挖角的？在這種地方？為什麼是羅絲薇瑟？事到如今為何才來只挖角羅絲薇瑟？我冒出滿腦子疑問——但只見羅絲薇瑟的臉色變得蒼白。

……這表示她知道自己有什麼值得他們挖角的理由嗎？

歐幾里得閉上眼睛，開口朗誦：

「——在這裡有智慧。凡有聰明的，可以算計獸的數目；因為這是人的數目，他的數目是『666（three six）』。」

…………他說666（three six）？歐幾里得壓著額頭說：

「這是啟示錄的一節……只不過，隨便唸出聖經裡的文字，身為惡魔可是會因此引發頭痛呢……」

……聽到你唸也害得我頭痛了啦。惡魔不要突然唸出那種東西好嗎！

啟示錄……是指也有提到偉大之紅的約翰啟示錄吧。這麼說來，666（trihexa）也有記載在內容當中是吧。

他看著羅絲薇瑟，繼續說了下去：

「聽說妳還在阿斯嘉唸書的時候，曾寫過一篇論文，標題是『關於啟示錄之獸』——」

……真的假的。羅絲薇瑟還在故鄉當學生的時候，寫過那種東西啊。

——！

我立刻領悟到一件事。這和松田和元濱他們提到的，有人在圖書館看見羅絲薇瑟的目擊情報有關吧。羅絲薇瑟在圖書館看有關聖經的書籍……原因就是這個啊。我想，她八成是在羅馬尼亞聽見６６６（trihexa）的事情之後，就想起自己的論文了吧。

羅絲薇瑟以顫抖的聲音說：

「那、那篇論文最後因為整理不出結論而作廢了。我交出去的，是別的論文喔……可是，你們怎麼可能知道那篇論文的存在……？」

那個傢伙露出奸笑，回答羅絲薇瑟的問題：

「只要是有關６６６（trihexa）的情報，我們都會鉅細靡遺地收集喔。即使是過去已經作廢的論文，只要和我們的期望有關連，就算得到世界盡頭去，我們都會撿回來。」

聽了他這番話，羅絲薇瑟為之顫慄。

「……那篇論文的內容我只有向當時的室友稍微透露過一點，難不成你們……！」

對於羅絲薇瑟的疑問，他聳了聳肩。

「我們在她的腦子裡搜尋了一下，但只有找到零碎的記憶。所以我才會採取這種手段，直接來找你。」

聽了這回答，羅絲薇瑟朝他舉起了右手。她的眼中已經燃起了戰意。

「……你們攻擊了她對吧？卑鄙至極的小人，我要在這裡將你——」

歐幾里得哼笑了一聲，以視線掃過四周。許多咖啡店的顧客看見我們起爭執，紛紛投以異樣的眼光……在這裡開打不太妙吧。

羅絲薇瑟心不甘情不願地放下手。沒錯，這才是正確的選擇。要是我們在這裡出手的話，這個傢伙肯定不會有任何顧忌，即使波及在場的民眾也會反擊。

歐幾里得站了起來，向周遭的人們低頭致歉。

「不好意思，驚擾各位了。我馬上就會離開。」

走過我們身邊時，他低聲說：

「……她沒事，我們也沒有把她抓起來當人質。只是——」

歐幾里得撩起羅絲薇瑟的頭髮。

「我想要妳的能力。妳相當優秀，比妳自認的要優秀多了——而且這頭銀髮也好美。簡直就像是……」

——！

我下意識就向那傢伙伸出了手，而歐幾里得輕快地閃過。

「告辭了，赤龍帝、羅絲薇瑟。我們會再見面的，在那之前，請妳先決定好答案。」

只留下這句話，歐幾里得．路基弗古斯便消失在人群之中。

我……順了順呼吸之後，立刻聯絡了莉雅絲——

我和羅絲薇瑟回到家裡。日暮時分，神祕學研究社的成員們聚集在我的房間。

「他居然出現在東京……我真是太大意了。」

聽說我們遇見歐幾里得，莉雅絲後悔著自己不夠謹慎。

……這個城鎮因為曾經遭受襲擊，加上原本就處於三大勢力的合作體制之下，戒備也變得更加嚴密。當然，東京是日本的首都，也有各勢力彼此合作（主要是以日本方面的高官所組織的異能者團隊為中心負責戒備的樣子）所布下的警戒網。

然而，那個傢伙……卻還是偷偷溜了進來，在光天化日之下出現在我們面前！

伊莉娜皺起眉頭說：

「……他們和之前那些發動恐怖攻擊的超自然存在不太一樣呢。邪惡之樹對於在人類世界引發任何影響，或是造成任何損害，都沒有絲毫猶豫。」

伊莉娜說的沒錯，他們和之前的敵人不同。我們之前對付的那些傢伙，都是先設下明確的目標，然後一切的所作所為都集中在那一點上。舊魔王派就是以三大勢力為中心發動攻擊，英雄派則是專門挑戰我們這些非人者。

而他們——邪惡之樹不同。為了達到目的，可以對人類世界、對人類；不，是對任何種族都釋出惡意。而且目的只是為了滿足自己的慾望——

造成的結果，就是吸血鬼的世界遭受到毀滅性的打擊。

如果那時我們當場和歐幾里得展開戰鬥，甚至召喚出邪龍的話……後果可不是慘劇兩個字可以形容。那裡是個聚集了那麼多人的地方，會造成的傷亡肯定不止一兩百人吧……

……是我和羅絲薇瑟的行動有欠考慮嗎……？

莉雅絲對垂頭喪氣的我說：

「一誠，你別想太多。那些恐怖分子的能力太強了，說得極端一點，只要他們有那個意思，出現在哪裡都不足為奇。而且沒有任何人能設想到他會選在你們的私人行動中的那個時機現身，這也是無可奈何的事。」

朱乃學姊也跟著說：

「是啊，而且對方應該也背負著相當大的風險。即使他們有那個能力入侵各個主要城市，也不可能一而再、再而三地這麼做。行動過一次之後，可能導致警戒變得更為森嚴，讓他們失去第二次的機會，所以除非有真的非常重要的事情，他們也不會有所行動才是。」

正如朱乃學姊所說，經過這次事件之後，東京防範邪惡之樹的警戒層級立刻飆升。不，其實原本就已經很高了，現在更是到了過度敏感的程度。

蕾維兒看向羅絲薇瑟。

「……背負著那麼大的風險也要和羅絲薇瑟小姐接觸……這表示羅絲薇瑟小姐在學生時代寫的那篇論文，對於他們而言非常重要囉？」

莉雅絲接著說了下去：

「根據他所說的來判斷，理應認為那篇論文具有相當高的價值吧。現在正好是阿撒塞勒定期聯絡的時間，也問問他對於這件事的看法好了。羅絲薇瑟，妳去跟阿撒塞勒談談吧。」

「好。」

對於莉雅絲的指示，羅絲薇瑟點了點頭……自從遇見歐幾里得之後，羅絲薇瑟就一直一臉凝重，像是在想什麼事情一般。

幾分鐘後，我們接到了阿撒塞勒老師的定期聯絡。其實，阿撒塞勒老師目前不在鎮上。他回到冥界去，針對神器（sacred gear）、異世界、邪惡之樹的動向等等事宜，每天都和神子監視者（Grigori）的研究員們不斷討論。

阿撒塞勒老師出現在聯絡用魔法陣之中。我們把這邊的狀況全都說了一次。

『……原來如此，他們鎖定了羅絲薇瑟啊。』

老師摸了摸下巴，瞇起眼睛。

『你們知道有名的魔法師接連失蹤這件事嗎？』

我們點了點頭。昨天才聽莉雅絲和格恩達爾女士提過這件事。

『失蹤的人們有唯一一處共通點——他們全都在研究「獸的數目」666(three six)，而且特別都是從有別於一般見解的角度切入的研究員。至於會來這次研討會的人們，似乎也都在做相關的研究。』

——！

……聽了老師的報告，我無言以對……所有事情一下子就全都連起來了。據歐幾里得說，羅絲薇瑟寫過有關666(three six)的論文。然後，失蹤的那些魔法師們的共通點也是在研究666(three six)，所以——

「也就是說，只要是握有關於『獸的數目』——關於666(trihexa)的情報的術士，他們就找到一個抓一個是吧。」

老師也同意莉雅絲的說法。

『只要對啟示錄的內容和「聖經之神」有所了解，在某種程度上就可以鎖定「聖經之神」可能使用的封印術。原則上，我們已經列出一連串就算是邪惡之樹他們也必須花費一番功夫才能解除的強大封印術式，目前有二十三個。然後從這些術式反推回去，估算距離666（trihexa）復活還有多少時間，由大家協議出最有可能的值。我們當然不打算讓牠復活，只是總得設想好最糟糕的情況才行。』

……要是666（trihexa）復活，和偉大之紅打起來的話，真不知道這個世界會變成什麼樣……

見我們一臉不安，老師爽朗地笑了幾聲。

『事情還沒有嚴重到需要你們擔心好嗎，年輕小伙子們。原則上，我還打算買個除了你們以外的「保險」呢。接下來，我還得完成那邊的後續工作……總之，有關那邊的事情，有機會再說吧。』

老師還有什麼祕密武器嗎？以他的行事作風，大概是從有別於正道的方向，取得他所謂的「保險」吧。

『話說回來，我們協議出來的答案也很難推估有多少可信度就是了。因為被抓走的那些術士，所擁有的資訊到底能夠對封印術式造成多大的影響，我們也不知道。』

被抓走的那些人不知道怎麼了。那些傢伙八成不會用太正當的手段讓那些術士聽話吧。

老師問羅絲薇瑟：

『我只問妳一個簡單的問題。羅絲薇瑟，妳是從哪個方面解讀「666（three six）」這個數字？』

羅絲薇瑟鬆開緊閉的雙唇說：

「……我研究的是異論，也就是『616』。我用那個數字參照各種相關書籍、歷史事件，建立起算式及術式。」

『——！…………是嗎，果然是這樣啊。』

老師在某種程度上似乎早就料到羅絲薇瑟會這麼說。

……616是什麼啊？不是666（three six）嗎？

正當我感到疑惑時，老師說：

『聽說，在眾多研究啟示錄的學者都聚焦在「666（three six）」這個數字之際，有部分術士開始根據異論「616」著手研究。這次遭到綁架的魔法師，全部都是從「616」調查「獸的數目」的人。』

異論！原來還有這種東西啊……而羅絲薇瑟也是調查那個學說的人之一。

老師摸摸下巴，繼續說：

『許多研究員都不把「616」當作最原本的解釋，就連我們神子監視者（Grigori）也是這麼認為。儘管如此……他們卻採取了這種行動。難道這表示「聖經之神」是用「616」來編寫666（trihexa）的封印術式嗎……？』

老師像是自言自語地如此脫口而出。這與其說是在為我們說明，更像是在驚訝之餘，喃喃說著自己的假設。

或許是赫然驚覺自己將想法說出口了吧，老師清了清喉嚨，對羅絲薇瑟說：

『好，總之，羅絲薇瑟，先把妳在學生時代寫的那篇論文寫在紙上傳過來再說，記得多少就寫下多少。由我們來試著調查妳的論文和666的關聯，是深入到什麼程度。』

「……不久之前，我就開始寫了。」

羅絲薇瑟拿出一疊寫滿艱澀的魔術文字及術式的報告紙，放在小型轉移魔法陣上，傳送出去。然後，聯絡用魔法陣投射出來的阿撒塞勒老師手邊發出光芒，報告隨之出現。看來是轉移成功了。

在接收到報告的同時，老師對羅絲薇瑟說：

『不過妳也真了不起啊，居然自然而然就和妳的祖母調查起一樣的事情。血緣這東西，果然還是無法抗拒的啊。』

——！

聽老師這麼說，我才發覺羅絲薇瑟之所以一臉凝重的原因之一。

這次被盯上的魔法師有個共通點——都在研究666，即將參加在冥界舉行的那個研討會的成員們也一樣。也就是說，羅絲薇瑟的奶奶……也調查過666的事情。

「…………」

這天晚上，羅絲薇瑟後來就一直帶著複雜的表情，沒有再說過一句話。

—○●○—

「任何人都能就讀的排名遊戲學校」是西迪眷屬——蒼那會長的夙願。出乎意料的，這所學校居然是蓋在阿加雷斯領。

這是西迪家繼任宗主的願望，照理來說學校應該要就近蓋在西迪領才對，但這又牽扯到政治問題了。正確說來，這個問題變得相當複雜。

蒼那會長說要建設這種學校，是否表示身為她的姊姊的賽拉芙露．利維坦陛下，在她背後出了不少主意？——或許會有人如此胡思亂想。當然，全面支援蒼那會長的利維坦陛下，對於學校的建設自然是樂見其成。

但是，這又會刺激到自古以來就很重視血脈的政治家——貴族大官們了。從他們的觀點來看，所謂「無關階級，任何人都能夠就讀的排名遊戲學校」這種東西，一定會覺得非常不是滋味，當然就會對此表達反對意見，甚至施壓了。要是利維坦陛下堅持己見對他們唱反調，要被當成「有利維坦的政治意圖涉入其中」也不足為奇。

莉雅絲——吉蒙里家無法隨便介入、支援這件事的理由也是在此。要是高官們認為吉蒙里家，也就是瑟傑克斯．路西法陛下的意圖也牽涉在裡面的話，四大魔王底下的派系鬥爭可能會變得更加嚴重。

到頭來，莉雅絲……就只能做些不太引人側目的協助而已。

據說蒼那會長曾經認真考慮過要放棄這個夢想。身為西迪家的繼任宗主，是絕對不能做出影響姊姊的政治之路這般愚蠢的行為。

然而，這時出現了一位救世主。

「那麼，就折衷一下，在我的領土建設學校，看著高官們的臉色謹慎地營運吧。」

——如此表示的，是阿加雷斯家的現任宗主。不愧是中階主管。隸屬於各魔王派系的政客，對阿加雷斯大公都相當信任。最後，「任何人都能就讀的排名遊戲學校」甚至贏得了以血統而言排在最上位的大王家的支持，蓋起了第一間學校。

於是，我們神祕學研究社成員（吉蒙里眷屬加伊莉娜、蕾維兒）為了利用週末前去幫忙體驗入學活動，就跳躍到了冥界。我們從吉蒙里城經過數次轉移，進入了阿加雷斯領。計畫是今明兩天一夜的行程。

學校的建設地點，是在曾經舉辦吉蒙里眷屬和巴力眷屬排名遊戲的空中都市，阿格雷亞斯附近，是個小鎮。

奧羅斯——是這個小鎮的名字。阿加雷斯領的農業發展號稱冥界第一，而奧羅斯更可以說是阿加雷斯的縮影。

這裡的居民多半是以農耕為業，不過人口原本就不是很多。由於排名遊戲的聖地阿格雷亞斯就在附近，我原以為前往阿格雷亞斯參觀的旅客會順道繞過來，因而發展成為觀光都市。但可惜的是，隔著阿格雷亞斯的另外一邊已經有一個觀光都市了。不過，前往阿格雷亞斯的觀光客，多半都想盡情享受阿格雷亞斯的娛樂，所以好像很少繞到附近的城鎮去就是。

也就是說，即使就在知名的空中都市附近，這裡依然是個悠閒平靜的小鎮。

我們轉移之後抵達的地方，是位於城鎮中心的監視塔的最頂層。從塔的窗戶望出去，可以看見城鎮的遼闊風景，和漂浮在遠方的空中都市阿格雷亞斯。城鎮周圍有種植著各種作物的廣大田地，還有很多風車小屋。感覺不太熱鬧，但是個閑靜的小地方。

以建設學校的地點而言，這裡應該算是個環境很不錯的城鎮吧。

在轉移魔法陣前迎接我們的公務人員，帶著我們走下監視塔。而在樓下等著我們的——

「嘿，兵藤。」

是匙。

身為吉蒙里公主的莉雅絲來到這個城鎮，感覺鎮長應該會出來親自接待才是，但很不湊巧，鎮長正好到那個魔法師的聚會去露臉了，來不及因應。而莉雅絲自己也說這次到訪並不是因為公務，事先已經交代過「不需要大陣仗的迎接」了。

迎接我們的公務人員將我們交給匙之後，一行人便在鎮上移動。

田地和風車小屋，以及類似歐式住宅的石砌房舍，在這個城鎮聽不見任何都市裡的喧囂，真的非常閑靜。

匙說：

「這個地方很不錯吧？冥界的鄉村小鎮！不過，又不算是個沒沒無聞的地方。就像這次在此召開的魔法師聚會一樣，這裡也經常舉辦各種研討會、發表會等活動。據說是因為這裡的第一任鎮長特別喜歡舉辦這些活動，現在已經成為內行人都知道的地方了呢。而且，這裡還能將附近的排名遊戲重鎮阿格雷亞斯盡收眼底，環境可以說是再好不過了。」

匙的語調聽起來相當開心，看來他很喜歡這個城鎮。這裡的確是個好地方，感覺很和平，不會發生什麼爭端。

「我以後想在這種地方種田。」

愛西亞望著鎮上的景色，雙眼閃閃發亮。愛西亞的夢想之一就是住在鄉下。我最近也開始在想，以後在這種鄉下住上一陣子，和愛西亞一起務農好像也不錯。

潔諾薇亞跟著說：

「我也覺得和愛西亞一起種田應該很不錯。惡魔生涯這麼漫長，偶爾放下劍士生活，從事農耕也不賴吧。反正一誠應該也會說要和愛西亞一起生活才對，跟去肯定不會有損失。」

居然是以我會跟愛西亞一起去為前提啊！我是很想和愛西亞一起在鄉下生活沒錯啦！

伊莉娜仰望著天空說：

「那我將來也去鄉下住住看好了。可是，天使想住在冥界應該很困難，所以大概會趁來冥界出差的時候，順便去幫一誠和愛西亞同學照顧田地吧。」

教會三人組似乎都愛上了鄉下。

莉雅絲和朱乃學姊輕聲笑了一下。

「妳們幾個，現在就開始商量隱居生活，未免也太早了吧。」

真的是這樣。突然聊這種不知道多久以後才會成真的話題也不能怎麼樣。一定是因為深受這片田園風光吸引，頓時產生了那種心境吧。

我們一邊繼續閒聊，一邊跟著匙走了十幾分鐘後，來到了城鎮的南端。此時，一棟新蓋的建築物出現在我們眼前。

看見那棟建築物，我們都嚇了一跳——因為那是一棟外觀和駒王學園相當類似的校舍。規模比駒王學園還要小一點，但無論是看似體育館的建築物還是運動場，校地內的設施位置都仿照了我們的母校。

校門的招牌上以惡魔文字寫著「奧羅斯學園」幾個字。直接用這個鎮的名字當成校名啊，以命名方式來說是確實是不會錯啦。要是冠上西迪或巴力的名稱，那些囉嗦的人不知道又會七嘴八舌地說些什麼了。

我們走進校門，朝本館走去。

運動場上，已經有小朋友在奔跑，或者是在用魔力比賽了。仔細一看，有西迪和巴力的眷屬們陪著那些小朋友。看來那些孩子們都是來參加體驗入學的吧。

進入本館時，蒼那會長已經等在玄關迎接我們了。

匙對會長說：

「會長，我帶神祕學研究社的各位來了。」

「辛苦你了，匙。你可以回去你負責的工作崗位了。」

聽會長這麼說，匙向我們揮了揮手，說了聲「待會兒見」，便迅速消失了。

我們環視了建築物的內部。還聞得到新建築物的味道，證明了這個地方才剛建好。而且這個玄關和內部的構造，也看得出有很多地方承襲了駒王學園。這對我們而言是感覺很新鮮，卻又很熟悉的景象。

莉雅絲伸出手，笑著說：

「讓我再次向妳說聲恭喜，蒼那。」

和莉雅絲握手的會長也露出微笑。

「謝謝妳，莉雅絲。這裡還是第一間，距離正式開學也還有好長一段路要走，但總算是有點樣子了，才能夠舉辦體驗入學。」

蒼那會長向校內伸出手說：

「來，我帶你們參觀裡面。」

在會長的帶領之下，我們在校內前進。

帶著小孩的家長們在走廊上來來去去，從外面還可以看見巴力眷屬成了講師，正在教室裡幫小朋友們上課。而小朋友們——都興致勃勃地認真聽著講師的教學，守候在教室後面的家長們也都是一臉認真。負責上課的主要是以巴力眷屬，或是蒼那會長請來的特別講師為中心，然後由西迪眷屬們從旁協助。也是，學生會的人自己也都還是學生，總不好大搖大擺地幫人上課。此外，還有會長招募來的義工們，也在校內忙東忙西。

來到這裡的小朋友們多半都是十歲左右，以人類世界來說，是已經在上小學的年紀了。其中也有已經國高中年紀的少年少女，不過最多的還是差不多小學生的小朋友。

「大概來了多少人啊？」

莉雅絲這麼問會長。

「這次是因為在體驗入學之前消息就傳開了，聚集的人數比我們原本估計的還要多。我想，光是今天就有一百五十名小孩來到這裡吧。加上家長的話，校內人數大概超過四百。」

喔喔，這麼熱鬧啊！原來如此，光是今天就有超過一百名小朋友。分明不是在募集正式的入學生，卻還是來了這麼多人……而且惡魔的小孩又很寶貴，這樣一想，就會覺得這個人數真的相當不得了。不過想上學卻沒辦法去的小孩，比我們預料的還多呢……感覺眼前的光景，讓我窺見了惡魔世界的另一面。

偶爾會有些帶著小孩的家長，因為發現我和莉雅絲的真面目（胸部龍和開關公主）而感到驚訝，但現在我們頂多只有揮手致意。要是在這裡搞起握手會、簽名會的話，會影響到校內參觀的行程。不過，我們今天要幫的忙，其實也還是有這層用意在。換言之，該說是特地請在冥界相當有知名度的莉雅絲・吉蒙里眷屬旋風式來訪，或者該說是蒼那會長安排的驚喜，最貼切的說法，應該是特別來賓吧。當然，對蒼那會長而言這是值得開心的一大助力，對於想幫摯友一把的莉雅絲來說，也是求之不得的絕佳機會。

走過穿廊，進到體育館，一陣充滿活力的聲音就傳了過來。

「聽好了！出拳時要蹲低馬步，以整個身體將拳頭直線向前推出！」

「「「「「「是！」」」」」」

在體育館裡教孩子們正拳的，是塞拉歐格！

小朋友們也跟著塞拉歐格一起出拳，儘管動作生澀，卻充滿朝氣。

「喝！喝！喝！」

帶著小朋友們一起打拳的塞拉歐格發現了我們。他放鬆架勢，露出爽朗的笑容。

「喔喔，莉雅絲你們也來啦。」

塞拉歐格對小朋友們說：

「你們看，是胸部龍一行人喔。」

小朋友們聽他這麼說，同時就將注意力全都轉移到我們身上來。

「好棒喔————！是胸部龍耶————！」

「開關公主也在！」

「啊！還有黑暗騎士獠牙！他們會不會打起來啊！」

小朋友們開始聚集到我們身邊來。

正拳講習瞬間變成胸部龍的活動會場了！

「胸部龍！按開關按開關！」

「快點變身快點變身！」

聚集過來的小朋友們情緒都變得相當高漲，即使蒼那會長說著「不要推擠，照順序來」，並試圖讓他們安靜下來，但小孩子一興奮起來又怎麼可能會乖乖聽話……

「這種時候就交給我吧！」

插進我和小朋友們之間的是我幹練的經紀人，蕾維兒！喔喔，我可靠的經紀人小姐！她一定可以控制住這個場面吧！——就在我這麼想的時候。

「想要握手和簽名的小朋友請照順序排好隊喔！其他人請幫忙準備桌椅！大家要排隊

喔！胸部龍不會跑掉！莉雅絲大人──開關公主的握手和簽名請另外排隊！來，一誠先生、莉雅絲大人，這裡有簽字筆！」

結果蕾維兒迅速從懷裡掏出簽字筆，幫小朋友們整隊，還指揮起伙伴們來！

在我能幹的經紀人──蕾維兒的指揮之下，體育館立刻變成了活動會場──

在緊急舉辦的「胸部龍」活動結束之後，我來到沒人走動的中庭的角落休息……後來，我被迫變身，禁手化(balance break)之後表演了一套類似英雄秀那樣的動作。由於木場也很配合地當起我的對手，以突發性的活動來說，應該算是相當成功吧。話說回來，這也是會長想要我們幫忙的工作之一吧。反正小朋友們也都看得很開心，結果至上啦。

我在中庭看著校內的狀況。小朋友們還在操場上聽著講師上課，充滿活力且認真地活動著身體。

根據我走來這裡的路上所見，有些教室甚至在教魔力和魔法的基礎理論。看著缺乏魔力的小朋友們正面面對異能的身影，讓我想起了剛變成惡魔時的自己和愛西亞。

現在是我的休息時間，不過其他人都各自去協助課堂了。等我休息夠了以後，也準備請會長找個地方派我去幫忙。

「兵藤一誠。」

向我搭話的——是塞拉歐格，他的脖子上還掛著毛巾呢。蒼那會長和真羅副會長也跟在他身邊，大概是他們三個人在談事情，順便一起散步吧？

他們三位在我身邊站定，會長一邊望著學校問我：

「一誠，剛才真是謝謝你。所以，你覺得如何？正式看過這個學校後，有什麼想法？」

「是個好地方呢。來參觀的小朋友們各個都幹勁十足，而且周邊的環境閒適又平靜，真是再好不過了。」

小朋友們真的都很認真。偶偶會聽見教室傳出笑聲，不過就我看到的，大家始終都乖乖地聽著講師的授課。

真羅副會長說：

「……除了想學習排名遊戲的小朋友以外，任何教育機構都不肯收的小朋友們也來了。只是因為能力不足，不擅長魔力……只是因為出身低，未來之路便就此封閉的小朋友也在裡頭。有些小孩雖然家族地位在一定階級以上，卻因為缺乏魔力受到周遭的人欺凌而退學，也有些小孩雖然有才能，卻因為階級不夠高而無法入學。」

……來到這裡的小朋友們都有著各種苦衷，為了尋求最後一絲希望而來到這裡。

對於重視惡魔血統純正的當權貴族們而言，培養那些既是「下級」，又「沒有才能」的惡魔，肯定會讓他們很不是滋味。

培養之後，說不定會有能力因此覺醒，變得比上級惡魔還要強的惡魔出現。由於現今的惡魔世界也很重視實力，如此一來，要是那些人開始嶄露頭角，或許會威脅到貴族的立場。所以，他們對於打造這種任何人都能夠就讀的學校，才會堅決持反對意見。

蒼那會長輕聲地說：

「……日本真是個好國家，任何人都有學習的權利。一誠和椿姬長大的國家，是個教育比冥界還要發達許多的地方呢。」

……確實是這樣。我目前為止，從來沒以待過沒有學校可念，或是想上學卻沒辦法的環境。學校理所當然的存在，也像是理所當然似地有著教我們念書的人。

來到這裡的孩子們活到現在，都未曾擁有過那些我像是理所當然似地享受至今的權利。

塞拉歐格仰望學校。

「建造這間學校是意義重大的事例。希望有一天，這波行動能夠傳遞到其他領地。不，是非得傳遞出去不可。」

蒼那會長和塞拉歐格的眼睛——充滿著強烈的光芒。他們是真心想要增加這種學校吧。我認為，他們是那種決定去做就一定要辦到好的人。不，我如此相信。他們肯定會一步一腳印，確實前進吧。

塞拉歐格忽然笑了一下，握緊拳頭。

「——我在教孩子們體術。」

我想起塞拉歐格剛才在體育館裡教他們打正拳的模樣。

「才能不夠的話，就靠其他的東西來補足。知識也好，力量也能……而我可以負責教給他們力量。現在，我正在教來參加體驗入學的孩子們體術，這也是我第一次做這種像是老師在做的事情。我也是一邊看書，一邊有樣學樣。」

他笑得好像很開心的樣子，看來他是打從心底覺得教孩子們體術很開心吧。

「他們都很拚命。每個小孩都是，出拳的時候都很認真。」

「是啊，我看了也這麼覺得。」

塞拉歐格看著自己的拳頭說：

「這個又大又粗糙的難看拳頭，是我為了達到今時今日的成就，不斷鞭策而成，唯一的目的只有毆打敵人……但是，在教孩子們體術的過程當中，我終於稍微了解到一件事——啊，生來不具備毀滅之力的我，或許就是為了教他們體術而誕生的吧。這樣說起來可能有點誇張，不過找到這雙手的價值，讓我覺得自己很幸福。」

……這個人一路走來的經歷，壯烈到難以用言語來形容。而這樣的塞拉歐格能夠帶著微笑這麼說，表示這次體驗入學讓他得到很大的成就感吧。

蒼那會長再次放眼望著學校，神情當中隱約顯露出驕傲。

「我們一起加油吧。現在甚至還不算正式踏上起點呢，接下來還得要繼續突破重重難關才行。」

沒想到她會說出這種像是莉雅絲才會說的話……可見她投注在這所學校當中的心力，是如此可觀吧。

我也站了起來，對會長說：

「那我也去炒熱一下氣氛好了！」

今天，就讓我徹底地配合這所學校吧！

——這時，一陣異樣的叫聲傳了過來。我們看了過去，發現小朋友們開始聚集到某一個地方，就連正在上課的小朋友也都跑了過去。

怎麼了？發生什麼事了？我滿心訝異地看著那邊，但會長、真羅副會長、塞拉歐格對於這個現象似乎心裡有數，說著「看來他大駕光臨了」、「是啊」之類的，彼此點頭示意。

會長和塞拉歐格開始往那邊走去，於是我也跟著他們過去。接著，我終於知道小朋友們為什麼會聚集起來了。

被小朋友們團團包圍在中心的，是一位相貌堂堂、灰髮灰眼的男士。我見過那個人，應該說，我已經將他的模樣深深烙印在腦海中了。

——因為他是我的目標之一。

「嗨，我來參觀了。」

男士發現我們，舉手致意。露出爽朗微笑的那個人——是皇帝（emperor）彼列。排名遊戲的現任冠軍！迪豪瑟．彼列！

真的假的！我根本沒想過現任冠軍會出現在這裡！我什麼都沒聽說啊！連我都興奮起來了！都想晚點找他要簽名了！

塞拉歐格、會長先後和冠軍握手。

「迪豪瑟大人，非常感謝您這次大駕光臨。」

塞拉歐格如此向冠軍道謝。冠軍帶著微笑，望著校舍說：

「真是一所好學校，感覺可以募集到很棒的學生啊。」

「「「「皇帝（emperor）！皇帝（emperor）！」」」」

小朋友們都興奮到了極點。那當然了，這麼多來到這所學校的小朋友，都是想來學習關於排名遊戲的知識，而看見現任冠軍出現，當然會全都聚焦在他身上。

「……不過，真沒想到冠軍會來這裡呢，太驚人了。」

聽我喃喃地這麼講，真羅副會長湊到我耳邊說：

「其實，迪豪瑟．彼列先生主演的電影，明天好像要在空中都市阿格雷亞斯進行拍攝工作，所以順道來這裡參觀。」

是喔，冠軍的電影！當上排名遊戲的冠軍之後，果然會有很多工作、很多需求找上門吧。居然連電影都有得拍，真不愧是大明星！

如果我當上冠軍的話，也會有很多工作可以做吧。啊，對喔，我已經演過電影了啊……不過那時候不是主演，主演電影聽起來真不賴啊！

冠軍以直率的眼神看著我們，這麼說：

「我也會盡可能支援你們。培養出前途無限的遊戲選手，是一件非常了不起的事情。」

皇帝（emperor）彼列還找我和真羅副會長握手！他感覺是個好人啊！冠軍果然有種特別的光環！

現任排名遊戲冠軍的旋風式來訪，讓我更有幹勁去協助這裡的課程了。

室外的課程——

「——以上，這就是我的『士兵（pawn）』能力示範。」

我變身之後，穿插著升變，示範「士兵（pawn）」的特性給小朋友們看。

一下子變成「騎士（knight）」展現快速的動作，一下子變成「主教（bishop）」吐火，一下子變成「城堡（rook）」粉碎巨大的岩石。

小朋友們都興奮不已，拍手叫好。各個都專心地看著我，甚至為我加油。

我的示範結束之後，講師開了口：

「——胸部龍先生，謝謝你的示範。就像這樣，『士兵（pawn）』的特性，就是透過升變——」

由於講師又開始講課了，結束任務的我解除變身，向小朋友們低調地揮了揮手之後，離開了現場。

好了，又結束了一堂課的支援工作。不過，我能做的也只有聽從講師的要求，進行示範罷了，最主要的工作就是禁手化（balance break）之後做些動作。據說，利用小朋友喜歡的人物來上課比較容易讓他們聽進去，上起課來也比較輕鬆。實際上，我一邊做動作，講師一邊說明的時候，小朋友們都看得很開心，也聽得很專心。

那麼，我的下一個工作是……正當我一邊看著手上的教學行程表，一邊移動時，那個傢伙出現在我的視野當中。

「大家都知道了嗎？人類或是惡魔和人類的混血兒當中，有些人具備和惡魔不同的特殊能力，就是這個叫做神器（sacred gear）的東西。」

「「「「知道！」」」」

在操場角落這麼對小朋友們解說的人的是匙。他好像是為了說明還變出了神器（sacred gear），黑蛇在他的右臂上繞了好幾圈。

匙示範過他的神器（sacred gear）之後，也一樣輪到講師（巴力眷屬當中的神器（sacred gear）持有者兼魔法劍士，立邦・克羅賽爾）開始講課。匙在這個課堂上的支援工作，大概就是示範神器（sacred gear）吧。

結束任務的匙看見了我。他舉起手，向我跑了過來。

「喲，辛苦啦。」

聽我這麼說，他也回了句「還好啦，你也辛苦了」，聽起來好像很開心。

我們兩個人就這樣一邊聊天，一邊朝校舍走去。

匙與有榮焉地仰望著學校，低聲說：

「……………吶，兵藤。」

「嗯？」

那個傢伙害臊地摸了摸後腦杓說：

「……小朋友們啊，都叫我『老師』呢……帶著笑容叫著我『老師』。像我這種人……明明就還不成氣候。」

儘管嘴上這麼說，匙看起來還是很開心。

這個傢伙的夢想是在排名遊戲的學校當老師。雖然還沒拿到教師執照，但匙一直很堅定地說，總有一天一定要考到。

不過，在這次體驗入學當中幫忙過之後，匙應該更有自信——不，應該是再次確認自己的夢想了吧。因為，這個傢伙的雙眼，現在充滿了夢想的光芒。

「兵藤，我在這裡和小朋友們相處了這麼多次之後，再次體認到一件事——我一定要當上『老師』。雖然還得先昇上中級惡魔就是了。可是，我一定要做到。無論得花上多少年的時間，我也要成功。」

「嗯，你一定沒問題。」

我真心誠意地這麼說，匙便不好意思地抓了抓臉頰。

——這時，一陣熱鬧的聲音傳進我耳裡。看了過去，發現是教會三人組和一群小朋友。

「叫金色的龍出來！金色的龍！」

小朋友們紛紛這麼說。

「好啊，沒問題。」

愛西亞詠唱召喚咒文之後，那隻龍王便隨著金黃色的光芒現身。長滿金色鱗片的巨龍。

出現了這麼大的一隻龍，讓小朋友們更加興奮了。

愛西亞對著那隻龍，也就是法夫納說：

「法夫納先生，能不能請你陪小朋友們玩啊？」

張開了大嘴，那個變態這麼說：

『好啊。不過，本大爺的ＰＰ（內褲點數）不太夠耶。』

……最近，這個混帳新設定了一個叫「ＰＰ」的東西，也就是內褲點數，並且說那是在牠體內運作的能量數值。點數是由愛西亞的內褲成分構成，要是點數不足，就會立刻虛脫無力。哎呀——真是太亂七八糟了！

聽了法夫納的訴求，愛西亞顯得相當困惑。

「P（內）、PP（內褲點數）是吧……」

儘管紅著臉，愛西亞依然伸手進去包包裡開始翻找。不行不行！就連我也覺得這種羞恥玩法對愛西亞而言太可憐了，原本想要跑過去制止她，但她已經從包包裡拿出內褲，交給了法夫納！

這也是為了小朋友們，才讓她下定決心這麼做吧。

法夫納將內褲——放進嘴裡大嚼特嚼。

小朋友們看見這一幕，瞬間哄堂大笑。

「那隻龍好誇張喔！牠在吃內褲耶！」

「哈哈哈哈哈，牠在吃小褲褲！」

啊啊啊！愛西亞站都站不穩，都快暈倒了！潔諾薇亞和伊莉娜接住她，將她摟進懷中！

「……呵呵呵，總覺得我最近好容易累喔。」

愛西亞以微弱的聲音這麼說，於是潔諾薇亞和伊莉娜握住她的手大喊：

「愛西亞！妳做得很好！別把這種事情放在心上！」

「對、對啊！和最喜歡小褲褲的龍一起進行體驗學習，對小朋友們也是很好的教育！」

至於那群小朋友們則是爬到龍的背上去，看起來玩得很開心。法夫納除了變態的部分以外，個性也還算溫和，叫牠陪小孩子玩或許是非常適合沒錯啦……只是這樣一來，愛西亞就會一直受到那種精神傷害了……

「……難怪弗栗多會一直說法夫納變了。」

匙在我身邊瞇起了眼這麼說……嗯，我們家德萊格先生也是這樣講。

好、好吧，愛西亞就交給潔諾薇亞她們照顧，我和匙走進了校舍。經過某間教室前面時，我們發現這堂課的人數大爆滿，小朋友們都擠到走廊上來，就連家長們也站著旁聽。

匙說：

「喔，這裡上的是魔法課。在體驗課程當中，受歡迎的程度和排名遊戲課程不相上下呢。每舉辦一次體驗入學，想上這兩個課程的學生都會變多，所以就只有這兩個課程必須增加堂數和講師來對應，尤其是入門魔術講座格外大受好評。」

是喔，在上魔法的課程啊。我也有點好奇，決定從人群之間偷看。

「羅絲薇瑟老師！」

「老師，多教我們一點魔法！」

我看見的，是被小朋友們團團包圍的羅絲薇瑟。

「冒出火了！冒出火了！雖然很小，可是我變出火了！」

小朋友們也學會了簡單的魔法，並實際施展了出來。

忽然間，有件事從我腦中閃過。那是發生在「D×D」成立時的事情。隊伍成立之後，塞拉歐格對著羅絲薇瑟這麼說：

「莉雅絲的『城堡』羅絲薇瑟，我想鄭重請妳考慮一件事——能不能請妳來我們在冥界蓋的學校當老師？」

沒錯，塞拉歐格也開口這麼邀請她。已經受到蒼那會長為了同一件事邀請的羅絲薇瑟，同樣受到塞拉歐格的邀約。

「我的意思不是現在立刻就得去。只要妳未來能夠幫這個忙，我就很感激了。」

「……教惡魔學魔法嗎？」

羅絲薇瑟陷入沉思，塞拉歐格接著又說：

「這樣說起來或許是有點奇怪。惡魔是魔法的來源，卻要學習魔法。然而，有些惡魔不擅長使用魔力，也是不爭的事實。實際上，也有像我這樣，完全沒有魔力素養的小孩。我希望妳可以教這種小孩子們學習魔法的基礎，即使無法使用魔力，應該還是有可能使用魔法才對。假使連魔法也學不會，知識也會成為強力的武器。就算得多等幾年也無妨，能不能請妳在那所學校執起教鞭呢？」

對於這個問題，羅絲薇瑟無法立刻回答。

「妳不需要現在回答我。妳願意好好考慮，我就已經很感激了。」

那時，塞拉歐格沒有多說什麼，就這樣離開了。羅絲薇瑟也沒有拒絕，畢竟對方也說並不需要急著回答，她大概是想在駒王學園先工作個幾年再決定要怎麼做吧。

在興奮的小朋友們後面，有一個小男孩自己站得遠遠的，伸出手拚命集中精神。看起來是拚命地想要發出魔法……但一點成功的跡象也沒有。我見過那個孩子。之前，在冥界舉辦「胸部龍」的活動時，他因為無法進入會場而哭鬧。對了，我記得他叫做李連克斯……這樣啊，那個孩子也到這所學校來了。看起來，他似乎不太會用魔法的樣子，好像也很不甘心，甚至連眼角都擠出眼淚來了。

「哎呀，真巧。」

——這時，有個人對我搭話。我轉過頭去——發現是銀髮的淑女，格恩達爾女士！羅絲薇瑟的奶奶就站在我身後。居然能夠無聲無息地溜到我背後來，真不愧是羅絲薇瑟的奶奶。

或許是隱隱約約察覺到這邊的氣息了吧，羅絲薇瑟看了過來，隨即放聲驚叫。

「阿、阿嬤……奶奶，妳來了啊。」

格恩達爾女士一面走進教室，一面說：

「因為我答應要來這裡當特別講師啊，正好可以在明天的聚會之前轉換一下心情。」

原來如此，之前提到的魔法師聚會就在明天啊。今天是趁聚會之前，來這裡教課是吧。

——這時，教室當中突然出現一隻讓綠色的氣焰圍繞的小妖精。一邊拍動著翅膀，妖精在小朋友們之間輕盈地來回飛舞之後，降落到講台的一角。

接著格恩達爾女士站上講台，輕輕摸了摸妖精，她就這樣瞬間聚集了小朋友們的目光。格恩達爾女士露出溫柔的笑容，輕輕平靜祥和地開了口：

「魔法的起源——魔法是怎樣誕生的，你們知道嗎？」

有個小朋友舉起手，大聲回答了格恩達爾女士的問題。

「聽說是占卜和咒術！」

聽了這個回答，格恩達爾女士笑著點了點頭。她以輕柔的語氣繼續對小朋友們說：

「沒錯，就是這樣。魔法，是從占卜和魔咒當中誕生。想知道這種事情、如果可以那樣就好了；為了某個人、或者是為了他人……希望找到方法幫助很多人的術士們，就是為此而創造出魔法。」

小朋友們、大人們，就連我們也不禁專心聽了起來，格恩達爾女士的說話方式，聽起來就是這麼順耳。

「現代的魔法確實有優劣之別，也有明顯的高下之分。不過，一開始我希望各位先記住一件事情——無論是怎樣的魔法，都必定對術士本身和其他人有其用處，因為世上沒有毫無意義的魔法。」

那充滿了慈愛的笑容，很難想像是出自原本看起來很嚴肅的格恩達爾女士臉上。

……世上沒有毫無意義的魔法啊。真是一句好話。

無意間，我看向羅絲薇瑟——她看起來好像露出若有似無的微笑……格恩達爾女士剛才那番話，不知道讓羅絲薇瑟有什麼感受？雖然有點好奇，但格恩達爾女士依然繼續講課：

「好了，這件事就說到這裡吧。那麼，雖然有點突然，請問想和妖精當好朋友的人，有幾位啊？」

「「「「我我我我！」」」」

小朋友們全都舉起手來。我也差點想跟著舉手，但匙拍了拍我的肩膀說：

「兵藤，雖然我也很想聽，不過我們還得去其他地方。」

喔喔，對喔對喔。

雖然非常想聽課，不過還有工作等著我們去做。為了前去協助下一堂課，我和匙依依不捨地離開了現場。

—○●○—

當天深夜——

結束最後一堂課，吉蒙里眷屬、西迪眷屬和講師們一同共進晚餐，稍微休息了之後，就是個人的自由活動時間。最後，大家一起確認完明天的行程，便來到了入浴時間。

我們住的地方位於校地內，是之後預計會當成學生宿舍使用的建築物。內部的設備已經相當齊全，連共用的大浴場都整理好了。

「啊——總算結束了……」

我在男生宿舍的大浴場裡泡澡。

為了協助課程進行，我工作了一整天。又變身又解除又移動的，重複了好幾次這樣的動作，其實出乎意料地累積了不少疲勞。由於得將勞力分配到不同於戰鬥的部分上，即使用的是平常已經習慣的禁手（balance breaker），還是覺得頗為疲累。

從行程表上來看，明天好像也很忙。儘管如此，看著那些上課上到入迷的小朋友們，我也會覺得自己應該好好加油才行。畢竟，我身處的環境算是相當優渥。

雖然失去了身為人類的生命，但幸運的是，撿到我的，是吉蒙里家的繼任宗主，也就是我善良的主人——我心愛的莉雅絲。雖然之後一直碰上艱困的狀況，度過了好幾次生死關頭，但以待遇來說，是真的相當優渥。我也接觸過重視血統的貴族，知道他們的想法。由於根本上就是重視血統的貴族社會，深受其影響，惡魔世界目前仍然存在著階級差距——

有許多人即使想參加排名遊戲也沒有辦法。基本上，只有上級惡魔（舊七十二柱，或者是升格之後由他們旗下獨立出來的轉生惡魔）能夠參加，因為大前提是必須得到惡魔棋子(evil piece)，並集結眷屬才行。

這所學校是為了盡可能將人才送進那個世界而成立，主要目的是將就讀這所學校的學生介紹給上級惡魔作為可能的眷屬人選。有些貴族不希望下級惡魔嶄露頭角，但有些上流階級想要優秀的棋子也是事實。實際上，那些這麼想又值得信賴的上級惡魔，似乎也贊助了這間學校（有些上級惡魔甚至為報名體驗入學的親子提供來到這裡的交通費，並幫忙準備住宿處）。總之就是，惡魔也是有各式各樣的情形就對了。

正因為如此，這所學校才有存在的意義，也才能夠創造出需求。升格到上級的轉生惡魔，對於血統並沒有特別的堅持，只要夠強就可以了，只要派得上用場就沒問題。競賽的世界完全還有餘地可以容納這裡培養、開發出才能的學生——蒼那會長、塞拉歐格曾經充滿信心地這麼說過。

當然，除了培養排名遊戲的選手之外，教育出能夠為冥界效力的人，也是這所學校的存在意義之一。這所學校教出來的學生們能夠依自己的期望進入各種業界，並擔任各種職位的話，當然也會是一件非常美好的事情。

能夠抓住夢想的學校——

……如果我能多少幫上忙，就是萬幸了啊。

正當我這麼想的時候，浴場的門口那邊傳來了開門聲。

喔，是木場嗎？還是阿加？難不成是匙，又或者是路卡爾嗎？

我看向門口想確認是誰，此時看見的是——

「…………是你嗎，一誠？」

居然是羅絲薇瑟啊啊啊啊——！

為、為、為、為什麼羅絲薇瑟會進男浴場？女生的浴場應該在女生宿舍才對啊！居然刻意跑到男浴場來……！

在驚訝之餘，我也忍不住看向她的肢體！印象中羅絲薇瑟應該很纖瘦才對，沒想到藏在衣服底下的東西那麼有份量！看起來很苗條，乳房卻非常豐滿！而且一雙美腿的曲線不會太細，非常漂亮！

莉雅絲的體態已經像是藝術品一樣了，而羅絲薇瑟的身體更呈現出一種神祕的美感。對喔，她原本是女武神，是個半神嘛，即使身體有種神明般的神聖韻味也不足為奇！

啊啊，害我忍不住想一直看下去……等等，不對啦！我連忙轉過頭去，然後說：

「這、這裡是男生用的浴室喔！女生用的應該在女生宿舍吧？」

「原、原本是這樣沒錯……可是工作人員說女生宿舍的浴室沒有熱水，要我們暫時來用男生宿舍的浴室……他們說這時間應該沒有人在洗才對……」

女生宿舍的浴室壞掉了！然後還說我們這邊應該沒人在洗，所以叫她過來？

不不，完全就有人在洗啊！我還在洗澡耶！這中間的資訊傳遞有疏失吧，各位！

正當我在想是不是應該要出去的時候——卻傳來淋浴的聲音。仔細一看，是羅絲薇瑟開始清洗身體了！這樣好嗎，她要和我一起入浴？

「……也沒什麼時間了，我想盡快洗一洗就好。請你不要一直盯著我這邊看喔。」

說著，羅絲薇瑟儘管害臊，還是繼續淋浴！

羅絲薇瑟迅速洗完身體之後，我原本還以為她會直接離開——沒想到卻聽見嘩啦的一聲，進到浴池裡來了！

我瞄了一眼，看見羅絲薇瑟在浴池當中，和我隔著一段距離的地方！

「在、在冥界泡澡也很不錯呢。」

因為她這麼說……

「是、是啊……不錯呢。」

我以語調拔高的聲音這麼回答！

「妳的魔法課，學生大爆滿呢。」

「就、就是說啊。因為人手不足，我也沒辦法休息。」

「可、可是，小朋友們看起來都很開心喔！」

「……只是，有一個小孩，沒辦法施展出初級的魔法，讓我非常掛心……」

她是說李連克斯吧……嗯——魔力和魔法雖然很像，發動條件卻不一樣。聽說掌握不到訣竅的話是會有點辛苦，我自己也不太擅長。

「…………」

「…………」

接下來就是一陣沉默啊！

……我完全沒料到會和羅絲薇瑟在浴室獨處，所以心跳一直很快，完全無法好好對話！

不過，要是彼此在對方離開之前都不發一語的話也很尷尬，我也覺得這是個好機會，所以決定直接問了。

「問妳一個問題好嗎？妳為什麼會想要調查有關６６６（three six）的事情？」

聽我這麼問，羅絲薇瑟儘管低著頭，依然娓娓道來：

「……我想一誠應該也知道，６６６（trihexa）之前一直只是存在於傳說之中，從來沒有人找到過。但是，同樣紀錄在啟示錄當中的偉大之紅卻是存在的。所以，我才會想要調查看看。想找到牠終究是不可能的，畢竟，就連各神話體系的眾神也無法鎖定牠的所在之處，憑我又怎麼可能辦得到。不過，我還是想知道一下６６６（trihexa）究竟是怎樣的存在，所以才開始著手調查６６６（three six）和６１６這兩組數字，還有相關的書籍。」

沒錯，正如羅絲薇瑟所說，各勢力對於666（trihexa）的認知都是「或許存在」的傳說，過去從來沒有人能夠掌握到牠身在何方。

羅絲薇瑟苦笑著說：

「……只是我沒能夠推論出答案……不過，那些無法解答的計算、術式的構成方式當中，或許隱藏著他們想要的答案。」

我曾經隨口問過奧菲斯有關666（trihexa）的事情。因為在啟示錄當中，牠是和偉大之紅有關的存在，而奧菲斯又對偉大之紅那麼執著，我認為她或許會知道些什麼。

但是，我們的龍神大人……

「吾，對666（trihexa）的事情，不太清楚，也沒見過牠。」

卻只是搖了搖頭。

……也是啦。如果奧菲斯知道如何打倒偉大之紅，又或是666（trihexa）的所在之處，舊魔王派和英雄派早就向她問出個所以然來，當成自己的武器來運用了。看來奧菲斯是真的沒見過666（trihexa）。

羅絲薇瑟喃喃地說：

「吶，一誠。如果，我可能會被他們利用的話……你可以殺了我嗎？」

——！

……她如此坦言，讓我在震驚的同時也感到傷心……甚至覺得憤怒。

我毫不顧忌地接近羅絲薇瑟，輕聲說：

「……妳在說什麼？」

「……與其被他們利用，造成伙伴們、世界的麻煩，我寧可選擇一死。要是因為我這種人害死大家的話，我怎麼受得了……」

她的表情充滿悲傷——眼神當中表達出的意志卻是那麼堅定。這反而讓我……更加心酸，也無法原諒。

我正面對上羅絲薇瑟說：

「……請妳別說這種話。說什麼我這種人、說什麼寧願一死！這種話怎麼可以隨便說出口！羅絲薇瑟根本不需要死！」

「可是，要是我被那個歐幾里得·路基弗古斯抓住了，肯定會被利用——」

那個傢伙單手撩起羅絲薇瑟漂亮的銀髮那一幕，忽然在我腦中閃過。

我立刻用力一咬牙，以強烈的語氣對羅絲薇瑟如此宣言：

「我不會交給他。」

我牽起羅絲薇瑟泡在熱水裡的手，繼續說：

「我不會把妳交給那個傢伙。要是那個傢伙再來到羅絲薇瑟面前，我一定會打倒他。」

「——！」

發現羅絲薇瑟在驚訝之餘臉也紅了起來，我連忙放開手！

我、我在幹什麼啊，居然在全裸的狀態下做出這種舉動！逼近她，還說出「不會把妳交給別人」這種近似告白的話！嗚哇——嗚哇——嗚哇——！好難為情啊！

我對自己剛才的所做所為感到有點害臊！

羅絲薇瑟臉上的不安似乎緩和了些。

「謝謝你，一誠。可是，我——」

她的話還沒說完，浴室門口那邊又傳來開門聲。

「洗澡囉，洗澡囉！」

「喔喔，男生這邊的浴場好像也不錯呢！」

「都沒人在嗎？」

「……要是一誠學長在這裡，而且色瞇瞇地看著我們的話，就先揍他一拳然後再幫他洗背就沒問題了。」

「一、一誠先生的背我會幫他洗！」

進來的是教會三人組和小貓、蕾維兒——！

她們的視線全都鎖定了我和羅絲薇瑟。泡在浴池裡貼近彼此的兩個人——她們眼中的構圖，大概就是這麼回事吧。

她們五個人在一陣驚愕之後，氣鼓鼓地衝了過來！

「「「「「我也要一起！」」」」」

愛西亞、潔諾薇亞、伊莉娜、小貓、蕾維兒全都飛奔過來，噗通一聲跳進了浴池裡！在浴場請保持安靜啊——！

總之，來體驗入學活動幫忙的第一天，就連洗澡的時候都很忙！

Life.3 惡意所指

在奧羅斯學園迎接了第二天。

昨天晚上我直接在男生宿舍裡準備好的房間就寢。或許是設備還沒準備齊全的關係吧，房間裡只有一張雙層床，不過如果只是要睡覺的話，並不構成任何問題。

在男生宿舍過夜的有神祕學研究社、學生會的男生，還有男性工作人員。男生的人數比女生少，房間分配基本上是兩人一間。以抽籤決定的結果，正好是木場和阿加、匙和路卡爾，只剩下我是一個人。可以一個人睡一間房！我原本還為此感到開心，但房間裡也只有床鋪，除了睡覺以外也沒別的事情可以做。

於是，我就在房間裡一個人就寢……然而，一早起來，我卻感覺到左右兩邊有沉甸甸的重量。

我轉頭看了看——右邊是蕾維兒！左邊是愛西亞！兩名金髮美少女和我一起排排睡！這、這張雙層床又沒多大，而且我睡的還是上鋪，為什麼會變成這種狀況！深夜中是發生了什麼事？不，我完全沒有發現異狀啊！

「呼嚕……」

蕾維兒依然在夢鄉之中……她把我的手被當成抱枕，好像睡得很甜。

……右臂上有著胸部和大腿的柔軟觸感！居然把腳也放到我身上來了是怎樣！而且最值得感恩的是，她身上的睡衣還是男用襯衫一件！這件襯衫是我穿不下的舊衣服。之前，蕾維兒曾經這樣問我——

「一誠先生，您有沒有尺寸不合的舊襯衫呢？」

而我回答她「有啊」之後，她又說「如果可以的話能不能給我？」，所以我就給了她一件。結果……現在變成這種犯規的睡衣，再次出現在我面前！

……襯衫底下……只有內褲啊！存在感十足的圓形物體都快要從敞開的胸口掉出來了。

反觀左邊的愛西亞——她穿的是莉雅絲最近給她的性感睡衣！因為愛西亞對於莉雅絲和朱乃學姊的一舉一動都相當尊敬，凡事都想參考，並且在自己的生活當中實踐。學習她們兩位的高雅當然是很好，學習化妝、提昇自己對美的意識，對於女性來說也是件很棒的事情！可是，愛西亞就連她們兩位情色的部分也照樣實踐在生活當中，這樣…………也不錯！嗯！情色的愛西亞也不錯，不錯不錯！

「……一誠先生，您怎麼一大早就在哭啊？」

蕾維兒揉著惺忪的睡眼坐起來。她白淨的胸部彈了一下，差點從襯衫的縫隙中蹦出來！

「早、早安，蕾維兒。看見妳在我床上，害我嚇了一跳。」

視線一直飄到乳房上面的我這麼說。蕾維兒慵懶地靠著我說：

「……對啊，昨天晚上，潔諾薇亞小姐和伊莉娜小姐帶著愛西亞小姐不知道在說什麼，一副形跡可疑的樣子，讓我有點在意，所以就跟在她們幾位後頭。結果，她們就溜進男生宿舍的這個房間裡來了。於是我立刻想通，她們是想趁一誠先生睡覺的時候偷襲吧。」

潔諾薇亞和伊莉娜這兩個傢伙！居然想趁我熟睡的時候偷襲！唔、嗯——真要說的話我是很想有這種經驗啦！可是她們兩個策畫的這種襲擊肯定不會有什麼好結果！通常都是太過強硬反而讓我畏縮！然而，在某方面來說，我又很希望這種情色事件越多越好！

不過，這時候就冒出一個疑問來了。為什麼是蕾維兒睡在這裡？正當我心裡感到詫異時，蕾維兒俏皮地吐了一下舌頭，對我說：

「因為我決定和潔諾薇亞小姐以及伊莉娜小姐比賽，贏的人就可以和一誠先生一起睡……比的是猜拳，五戰三勝制的結果是我贏了。」

啊啊，所以蕾維兒是贏過潔諾薇亞和伊莉娜，才會睡在這裡的啊……

「那愛西亞呢？」

我看向睡在旁邊的愛西亞。蕾薇兒說：

「是的，愛西亞小姐當然也參加了比賽，和我一樣獲得了勝利。」

所以是取前兩名囉。也對，畢竟左右兩邊都有位置！

蕾維兒隨即忸忸怩怩了起來，表情也透露出歉疚。

「……是不是給您添麻煩了？不好意思……我偶爾也想……和一誠先生在一起。因為我是經紀人嘛……」

啊、啊啊啊啊啊啊啊！真是的，我的經紀人怎麼會這麼可愛！雖然不知道會跟到床上來的經紀人能不能說是幹練，不過這麼可愛當然沒問題！

我一邊摸著蕾維兒的頭一邊說：

「今天也要請妳多多關照了，我的經紀人。」

「是！那當然囉！」

聽見她充滿朝氣又堅強的回答，讓我一早就幹勁十足——這時，我聽見愛西亞的夢話。

「呼嚕……那件內褲……是要給一誠先生的，不可以……不可以吃啦……」

……難不成，她夢見法夫納了？真是的，那個混帳居然還出現在愛西亞的夢中！我摸了摸愛西亞的頭，她便露出一臉安心的表情。

好，雖然一早就吃了一驚，不過今天一整天也要好好加油！

早餐過後，在晨間會議之前（已經到女生宿舍的餐廳集合），我和愛西亞、匙正在談論

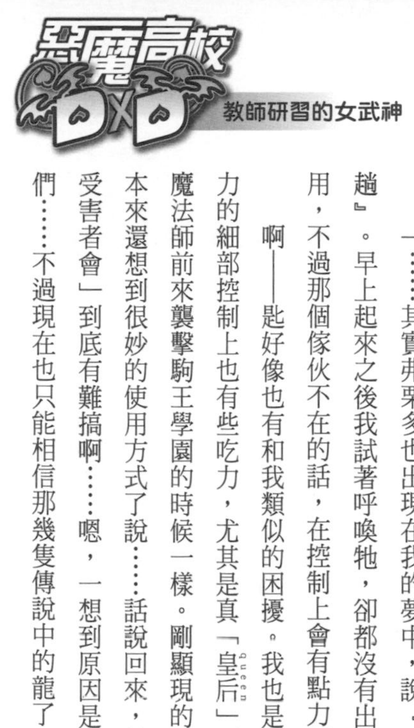

某件事情。

「……那麼，法夫納也潛入阿爾比恩的神器(sacred gear)了嗎？」

「是的，聽說說服歷代白龍皇殘留意念的工作進行得不太順利，於是德萊格先生和阿爾比恩先生呼喚了牠，所以牠要將意識傳送過去，法夫納先生昨晚在我的夢裡是這麼說的。」

而事實上，愛西亞睡醒之後試著召喚法夫納，也沒有任何反應，所以才確定那不是夢，而是牠真的跑去幫忙了……所以愛西亞在囈語的時候，就是夢見這個囉？

匙也一臉困惑地說：

「……其實弗栗多也出現在我的夢中，說『二天龍難得拜託我去助陣，所以我要過去一趟』。早上起來之後我試著呼喚牠，卻都沒有出來，所以看來是真的。神器(sacred gear)好像可以照常使用，不過那個傢伙不在的話，在控制上會有點力不從心啊。」

啊——匙好像也有和我類似的困擾。我也是因為現在德萊格不在，所以目前我在各種能力的細部控制上也有些吃力，尤其是真「皇后(queen)」更容易受到影響。我現在的狀況，就和離群魔法師前來襲擊駒王學園的時候一樣。剛顯現的能力，「白龍皇的妖精們(dividing wyvern fairy)」也無法發動。我本來還想到很妙的使用方式了說……話說回來，就連兩隻龍王也前往神器(sacred gear)深處了，「赤龍帝受害者會」到底有難搞啊……嗯，一想到原因是出在自己身上，我就突然覺得有點對不起牠們……不過現在也只能相信那幾隻傳說中的龍了。

我問匙：

「對了，今天巴力眷屬不在嗎？」

「只有上午不在，中午過後就會來參加我們這邊的行程了。」

「他們有什麼事情嗎？」

我這麼一問，匙便指了指餐廳的窗戶。窗外的風景中，可以看見空中都市阿格雷亞斯。

「你還記得皇帝（emperor）彼列要在那裡拍電影的事吧？塞拉歐格老大和他的眷屬要去友情客串一下，協助拍攝工作進行。順道一提，阿加雷斯家的繼任宗主小姐好像也在阿格雷亞斯，她也要和巴力眷屬一起參與拍攝工作。」

是喔，塞拉歐格他們要在冠軍主演的電影當中演出啊。冠軍和塞拉歐格因為排名遊戲，關係相當密切。聽說冠軍給過塞拉歐格許多建議。話說，絲格維拉・阿加雷斯也在空中都市啊，所以新生代四王（rookies four）都聚集到這個地區來了耶！

還有，之前提過的魔法師聚會也是今天要在這個城鎮舉行，他們要討論的是彼此的研究，以及666（trihexa）等主題。羅絲薇瑟的奶奶，格恩戴爾女士也會參加，不知道他們討論的情況會變成怎樣。

——這時，莉雅絲、朱乃學姊、蒼那會長、真羅副會長她們三年級四人組走進餐廳。

西迪眷屬將文件——行程表發給所有人之後，蒼那會長開了口：

「那麼，開始說明第二天的行程。」

就這樣，奧羅斯學園體驗入學的第二天開始了！

神祕學研究社的成員們各自分散，前去協助自己負責的課程。接下來要大略介紹我後來才聽說的事情，是有關大家的表現。

比方說，潔諾薇亞和木場這一組。

他們在操場參加有關「騎士(knight)」的課程（包含實際示範）。

潔諾薇亞一手拿著刀劍，對小朋友們加強語氣地說：

「聽好囉！劍就像一面鏡子，能夠反映出自己。如果自己本身的心神不定，也會表現在兵刃上，因此舉劍相向時必須隨時保持平常心才行。還有，必須先下手為強，最好是在敵人在對你說話的瞬間就舉劍砍過去！」

木場則是從別的方面表述「騎士(knight)」：

「不過，完全只靠力氣揮劍的話很危險喔。『騎士(knight)』最需要的是技巧，以及最大的特性，『速度』。在戰場上以大於所有人的活動量玩弄對手，找出對手的破綻，確實進攻。」

聽說小朋友們對兩人互為對比的論調相當感興趣。

伊莉娜負責的，是有關「天使」的特別課程。

在冥界，天使是十分罕見的吧。小朋友們多半都沒看過天使。

天使的純白羽翼和頭上的光圈，對於惡魔小孩而言，相當神奇且新鮮。

「好棒喔！真的是天使耶！」

「我爸爸說過！壞小孩會被天使抓走喔！」

有些小朋友對伊莉娜很有興趣，有些小朋友卻有點害怕。即使締結了同盟，對於一般的惡魔而言，天使還是令人害怕的對象。

伊莉娜雙眼閃閃發亮，堅定地訴說：

「我才不會抓走你們呢！侍奉天界的天使是大家的好伙伴！來，大家也一起來祈禱吧！阿門！請用請用，現在發下去的是我親手做的自製麵包！吃下去之後信仰會變得虔誠喔！」

由於自稱麵包店天使開始傳教，家長們也紛紛提出抗議，特別講座「天使」篇的場面變得相當混亂。這也是我後來才聽說的事。

愛西亞主要負責的是講授在教會得到有關驅魔師的知識，加斯帕則是以吸血鬼的身分、小貓是以妖怪的身分，基於各自的立場舉行特別講座。特別是加斯帕，因為得面對人群，每次小朋友提出什麼問題，他就會顯得一陣慌亂。

羅絲薇瑟則是繼續負責魔法的課程，課堂也和昨天一樣大爆滿。

而首要的神祕學研究社社長莉雅絲和副社長朱乃，則是在最重要的「國王（king）」與「皇后（queen）」

課程中，對小朋友們如此闡述：

「眷屬的『國王』和『皇后』的關係，無論在個人領域，還是在遊戲當中，都非常重要。必須無時無刻隨侍在側——」

她們在講座當中的身分並非講師。莉雅絲和朱乃都是新生代，還有很多事情要學習。她們兩位都謙虛地表示，以自己的立場來說還不足以教人東西。所以，她們只是以前輩的身分，對小朋友們傳授自己之前得到的經驗，以及學到的知識而已。

儘管如此，她們講的這些，對小朋友們而言依然非常珍貴，我後來也聽說大家都聽得非常專心。

神祕學研究社的成員各自分散之後，都盡了自己最大的努力完成任務。

學生會成員也都各自協助講師。會長和副會長主要的工作則是召開說明會，以及負責接應家長們。

人手並不算多，但神祕學研究社和學生會的成員還是盡力做好分內的工作，在繁忙中得到成就感——

另一方面，在各位社員各自在負責的課堂上努力的時候，我也和經紀人蕾薇兒一起在為我們準備的教室裡面，舉行名為「胸部龍問答區」，有點類似見面會的活動。

這個活動最主要就是一一回答小朋友們提出來的問題。舉手的小朋友很多，問題也相當多元。

從「要怎樣才能變強？」這種任何人心中都會有的問題，到「你喜歡怎樣的胸部？」這種讓人不知道該說什麼的問題都有，大家都七嘴八舌地不停提問。

順道一提，對於胸部的那個問題，我表示「無論大小都是胸部！」，而且回答得很大聲！我希望這樣的想法可以傳達給每一個男孩子！

問題都回答完畢之後，我反過來向大家提問：

「大家將來有沒有想當什麼啊？」

我這麼一問，有個小男生很有活力地舉起手說：

「我想當胸部龍！」

聽他這麼說，其他小朋友們也說「胸部龍已經在你前面了啊！」或是「我也想當！」之類的，大家都開始嬉鬧，反應相當熱烈。

其他小朋友們也都說出自己的夢想。

「我想當排名遊戲的冠軍！」

「我想在魔王領的研究所裡工作！」

「我想當魔王陛下的近衛兵！」

大家紛紛傾訴著夢想……每個小朋友都有將來的目標呢。也對，大家都還是小朋友，懷抱著夢想也是理所當然。無論是人類，還是惡魔——

「我想當這裡的學生。」

聽見這個答案，小朋友們也說「我也是！」、「我也是！」，紛紛表示同樣的意見。

也對，這些孩子們現在最大的期望大概就是這個了吧。無論訴說著多麼美好的夢想，無論提出了多麼遠大的目標，都必須有地方讓他們用功學習，才能夠接近實現的可能性。

這些孩子們都還只是剛接觸到那種可能性而已。為了實現夢想與目標，還有很多考驗必須克服，很多課題必須學習。

但願這些孩子們全都能夠就讀這所學校——我知道上帝已經不在了，但還是忍不住想如此許願。看見這些孩子們認真且直率的眼眸，我便打從心底這麼想。

我在這裡能夠做的……只有盡可能激起他們的幹勁，讓他們為了夢想、目標而努力，讓他們更想來這所學校上課。

「好——接下來，我來講一下惡魔在人類世界的工作吧。別看我這樣，我幾乎每天都會遇見各式各樣的客人喔。」

我挺起胸膛準備談些有關惡魔工作的話題，小朋友們也都表示「我對人類世界的工作很有興趣！」、「真的有人類會拿靈魂來交換嗎？」，反應相當熱烈。雖然已經有其他講師專門開課講這個了，不過讓他們當成我的小故事來聽也不錯。而且，要是成為眷屬惡魔，在人類世界四處奔波的可能性也會跟著變高。

有些惡魔因為情況特殊，會在冥界活動（像坦尼大叔就是一個例子），不過大致上來說，成為眷屬之後都會前往人類世界。

好！就讓我利用一些有趣的小故事，來說明惡魔和人類締結契約的流程吧。該說小咪露的故事好呢？還是森澤先生的故事好呢？正當我在腦中如此思索的時候……

就在這個瞬間——

一陣令人毛骨悚然的寒意竄過我的全身，有種感覺輕輕刺激著我的第六感。

就在那種奇妙的感覺出現之後，隨即發生了奇怪的現象。冥界特有的紫色天空——漸漸變成了一片白。這是怎樣……發生什麼事了？

面對這突如其來的事態，學校裡的所有人紛紛仰望天空，看著這個現象。

天空的紫色逐漸消失，最後頭頂上方完全變成了一片白。

……這是怎樣。難不成是某種活動……應該不可能吧，我事先可沒得到相關的情報。還是魔法師那邊配合聚會做了什麼？不，即使是這樣，事先也應該會有情報進來才對。或許是阿格雷亞斯的拍片現場的特殊效果？這樣說來規模也太大了，而且還是一樣應該會先跟我們說一聲才對。

由於事出突然，大家都開始議論紛紛了起來。

……我想得到的可能性，只有一個。

……許多研究６６６（trihexa）的魔法師都在這個城鎮集合，他們很有可能遭到綁架。至於會想綁架他們的犯人就是——

我想到這裡時，校內廣播傳進我的耳中。

『操場上的各位體驗入學生、家長、講師、工作人員，請盡速進入校內。重複一次。操場上的各位體驗入學生、家長、講師、工作人員——』

緊急廣播響起，我和蕾維兒心中不禁湧上不祥的預感。

神祕學研究社和學生會的成員在教職員辦公室集合，也已經請心懷不安的家長和小朋友們集合到體育館去。為了讓大家冷靜下來，真羅副會長帶著所有工作人員開始收集情報。

莉雅絲展開連絡用的魔法陣，同時搖了搖頭。

「……不行，沒辦法和外面聯絡。」

在地板上畫出轉移型魔法陣的朱乃學姊也嘆了口氣。

「這邊也不行，無法跳躍到遠方去。」

真的假的。無法對外聯絡，也無法轉移出去……我曾經碰過幾次類似的狀況。第一次是在京都的渡月橋，第二次是中級惡魔升格考試之後。兩次都是先冒出霧氣，回過神來就已經被轉移到別的空間去了。這次雖然沒有出現霧氣，但對整個空間施展術法的狀況非常相似。

長出貓耳的小貓說：

「……我探測了一下周圍的氣，花草樹木都不是仿造物，是真的。」

……既然如此，我們就不是被轉移到完全仿造的擬似空間去囉？

蒼那會長變出聯絡用魔法陣，同時說：

「我聯絡上阿格雷亞斯和鎮上的會議廳了，現在開始投影。」

於是，辦公室裡浮現出兩個立體影像。一個是人在阿格雷亞斯的塞拉歐格，另一個是人在會議廳的格恩戴爾女士。

影像中的塞拉歐格一開口就問：

『這是怎麼回事？』

而格恩戴爾女士回答了這個問題：

『我想，應該是這個地區整個被敵對勢力的結界包圍住了吧。現在，我們這邊所有人都動員各自使役的生物前去確認結界的規模，不過根據報告，最有可能的情況是呈現橢圓形，將這個城鎮和阿格雷亞斯整個包圍住。』

……整個地區都被包圍了喔！規模也太大了吧……

格恩戴爾女士接著說：

『除此之外，我們這些術士的魔法多半都遭到封印了。就像這樣。』

格恩戴爾女士露出額頭來。她的額頭上，有個散發出不祥光芒的魔法陣……魔法被封印住了？到底是誰幹的好事……？疑問真是越來越多了。

因為有點在意，我試著在手上凝聚魔力……氣焰聚集起來了。我身邊的學生會成員們也開始確認自己的魔力。伊莉娜也在確認能不能使出天使之力，結果一樣是沒有問題……所以惡魔和天使的力量還能用囉。

我們順便確認神器(sacred gear)和人工神器(sacred gear)能否使用，同樣也是沒問題。

「我還能使用魔法。」

羅絲薇瑟也沒有遭到封印。格恩戴爾女士見狀，喃喃地說：

『看來，遭到封印的只限在這個會議廳的魔法師啊。居然完全沒讓我們發現到氣息……真是可怕的對手。』

封印只限聚集在會議廳裡的魔法師……顯然是針對他們所做的囉。

「這表示敵人當中有人能夠辦到規模如此龐大又大膽的事情啊……」

匙擺出苦瓜臉這麼說。

會長推了一下眼鏡，然後說：

「……有個可能性。」

格恩戴爾女士也像是想到了什麼似地輕輕開了口：

『——是啊，確實是有那麼一個可能。據說能夠使用超過一千種魔法的傳奇邪龍——「魔源禁龍（diabolism thousand dragon）」阿日．達哈卡。如果是那隻邪龍的話，應該也知道封印魔法師的術法吧。』

——！

格恩戴爾女士的這番話讓所有人驚訝失聲……因為她提到了傳奇邪龍的名字。而我們接獲的報告也指出那隻邪龍已經復活。事實上，牠曾經襲擊過瓦利。

讓邪龍阿日．達哈卡復活的是新「禍之團（Khaos Brigade）」——邪惡之樹。那群邪魔歪道利用聖杯之力讓邪龍復活，甚至製造出量產型的邪龍……

也就是說，這片白色的天空，還有格恩戴爾女士以及其他魔法師遭到封印，全都是那個阿日．達哈卡幹的好事嗎？

「不過，這規模也太誇張了吧……即使是傳奇邪龍，再怎麼說也不可能將一群知名的魔法師和如此廣大的土地全都封印起來吧……」

伊莉娜如此提出她的疑問。的確，如果只有土地也就算了，就連強大的魔法師們也被全部封印住，即使是經過強化的邪龍，這樣的作為也太超乎想像了。

會長看向我一邊說：

「如果能夠增強牠所使用的術法，那就另當別論了。」

忽然，那個傢伙——歐幾里得的臉從我腦中閃過。

「——赤龍帝的手甲(boosted gear)的複製品嗎！」

我這麼說……將赤龍帝的手甲(boosted gear)增強過的力量轉讓給傳奇邪龍的話……能夠擴大能力的範圍也很正常。

格恩戴爾女士嘆了口氣。

『完全籠罩住這一帶的結界，以及將這裡所有魔法師的術法封鎖住的邪術，兩者都是經過增強之後才發動的吧。儘管是複製品，還是一樣能夠發揮出超脫常軌的力量呢，神滅具(longinus)。』

就是說啊……那個混帳，還真愛濫用複製品的力量啊。感覺就像是赤龍帝的能力遭到盜用一樣，讓我一肚子火，怒不可抑。我對那傢伙的怒意一直都是直線上升啊……！

……不，等一下。如果他可以這樣搞的話，那應該也可以逆向操作才對！

我如此提議：

「既然如此，我們就反過來做！由我使用赤龍帝的手甲(boosted gear)增強解咒術！」

然而，會長搖了搖頭說：

「對方應該早就料到我們會這麼做了吧。我想，應該要當作對方已經準備好反制的術式了才對……要是我們輕舉妄動，試圖打破現狀的話，很有可能會釀成大慘劇。」

……對方也料想到這一步了是吧。確實有可能。那個名叫歐幾里得的男人，感覺已經完全掌握赤龍帝的手甲的優缺點了。對於我應該會採取的行動，他都有可能已經事先準備好對策了。

「如果敵人連續使用這招的話，我們可抵擋不了。」

朱乃學姊以不安的口吻這麼說，但會長回答：

「這應該不是能夠使用好幾次的辦法。因為對方持有的並非純正的神器，根據報告，使用時還得耗費龐大的代價。只是，從這個結果來判斷，阿日．達哈卡所施行的魔法，應該是結構相當細膩的術式。想要增強這種術式，也需要精細的調整。轉讓的力量太大或太小，都有可能造成術法失控……唯一的解釋，就是歐幾里得．路基弗古斯對於複製品，以及對於赤龍帝的手甲的操控方式都相當擅長。」

……複製品的使用者超越了真貨的使用者，這就證明了宿主本身的能力有多大的差距。即使是強大的武器，如果運用的人並非強者，也無法完全發揮真正的特性。

見我有些失落，會長微笑著說：

「我的意思可不是說一誠有多差喔。在神器方面你已經是相當優異的人才了……只不過，對方更是鬼才一個。也就是說，他身為路西法的左右手，背負著路基弗古斯之名，果然不是浪得虛名的啊。」

是啊，我知道。對方可是葛瑞菲雅的弟弟。再怎麼說，他也是最強的「皇后（queen）」的弟弟，當然很強。

「我們應該先著手探查對方的目的吧。」

莉雅絲這麼說。格恩戴爾女士將手放在自己胸前。

『……目的之一，大概是我們吧。研究666（three six）的術士們，他們的目標之一想必是我們。不過，連阿格雷亞斯都被他們用結界包圍進來了，這當中應該也有某種意圖吧。』

空中都市阿格雷亞斯。沒錯，他們刻意用了橢圓形的結界，將這個城鎮和阿格雷亞斯一起包圍起來了。如果目標只有待在這個城鎮的魔法師，結界只需要建構成圓形就可以了。一定是有什麼理由，才會連阿格雷亞斯都包圍進來。

「——舊魔王時代的技術。」

蕾維兒如此低語，會長也跟著附和道：

「阿格雷亞斯運用了舊魔王時代的技術。有些部分至今仍然未能解開，而阿傑卡·別西卜陛下的研究機構也還在島的深處進行調查當中。李澤維姆·李華恩·路西法身為前路西法的兒子，或許會想要那座島上的某樣東西。」

這麼說來，在對抗巴力之戰時去那裡之前，好像聽老師說明過類似的事情。

舊魔王時代的技術……李澤維姆是舊魔王之子，他會對那個時代的技術有興趣，也不是件奇怪的事情。

格恩戴爾女士摸了摸下巴，開始沉思。

『舊魔王時代的遺產——也許是武器之類的東西吧。又或者是和６６６（three six）有關的東西。』

「也有可能是前往異世界的術法之一也說不定。」

莉雅絲接了這句話，讓所有人頓時沉默。

……那個空中都市裡面真的藏了那麼不得了的祕密嗎？不過說來也是，一座島漂浮在空中，上面還有個都市，光是這樣就堪稱是技術的結晶了吧。我只希望不會是藏了什麼足以破壞整個冥界的超強破壞武器就好了。

「他們張設了一個這麼廣大的結界，在結界外頭應該會有人察覺到異狀吧？」

這是我提出的問題。阿格雷亞斯是個大都市，跟一個這樣的城市失去聯絡的話，阿加雷斯領的人應該會覺得可疑，甚至派出軍隊來也不足為奇吧。如果知道這是邪惡之樹搞的鬼，「Ｄ×Ｄ」的其他成員和冥界的強者應該也會自告奮勇前來救援。

蒼那會長皺起眉頭說：

「……既然發起如此大規模的行動，他們應該也估算到這點了。我想，為了不讓外面的人發現，他們很有可能扭曲了時間和空間，將這裡和外界隔絕了吧。」

莉雅絲接著說：

「……扭曲時空。這裡的一小時等於結界外面的一分鐘……在有關魔法的案例當中經常聽說這種事情，不過那必須有高強的術士仔細做好充足的事前準備才能夠實現……原來赤龍帝的手甲（boosted gear）和使用禁術的邪龍搭配在一起，能夠實現如此難以對付的行動啊。」

『即使如此，這麼大規模的術法肯定會對術士本身有所損傷。就算是龍族，也很有可能會賠上一條性命。』

格恩戴爾女士是這麼說，不過……大概是靠聖杯吧。因為有那個東西，邪龍才能夠這麼亂來。即使肉身毀滅，也只要靠聖杯重生就可以了……就算不是站在阿加的立場，搶回聖杯也真的是一件非常重要的事情。只要還握有那個東西，他們就可以辦到這麼亂來的舉動！

……操縱時間和空間耶，如果他們辦得到這種事，那今後我們更難採取應對措施了吧！

莉雅絲對困惑的我說：

「在英雄派引發的魔獸騷動之後，冥界的重要機構、地點，都設置了防壁術式，以防止恐怖分子透過有關時間、空間的魔法、魔力發動攻擊。比方說，魔王領的首都莉莉絲和吉蒙里領的主要都市都已經設置了。當然，我們居住的駒王學園一帶也張設了好幾層堅固的防壁。尤其那邊因為曾遭到入侵，所以張設得更是厚實。但是——」

莉雅絲看向蒼那會長，會長也點了點頭。

「沒錯，阿格雷亞斯和這裡並未設置那種防壁。阿格雷亞斯那邊的預定延期了好幾次，因為那裡是排名遊戲的聖地之一，也有娛樂設施，更是個觀光都市。如果要張設防壁的話，必須暫時將部分機能關閉才行，而這也成了瓶頸，讓都市裡的部分機構遲遲不肯點頭，拖累了防壁術式的設置進度……這次就是因為這樣，讓我們遭殃了。阿格雷亞斯是阿加雷斯領的重要資金來源之一，現任大公夾在阿格雷亞斯的觀光委員會和想要張設防壁的軍部之間，為了做出判斷已經吃盡苦頭了，要是再聽說了這次的事件……說不定會病倒。」

……因為優先顧及娛樂設備，反而延誤了防壁的設置是怎樣……！不，各個領土有自己的行事作風，我相信大公也相當煩惱。他原本就已經夾在各魔王的派系以及最重視血統的大王派之間，並為此所苦了……中階主管，感覺應該經常胃痛吧……

蒼那會長將手放在下巴，似乎在沉思著什麼。

「……阿格雷亞斯尚未張設防壁，而他們需要的魔法師，又剛好在附近的小鎮召開聚會。僅僅包圍了阿格雷亞斯和這個小鎮的結界……這並非巧合能夠解釋……感覺另有隱情呢，真是教人害怕。」

會長好像在懷疑什麼。現在阿撒塞勒老師不在這裡，這種時候有會長在真是太幸運了。

正當我們討論著敵人的目的時，有個工作人員衝進辦公室來。他猛然打開門，顯得上氣不接下氣。

「……怎麼了嗎？」

莉雅絲訝異地問：

工作人員順了順呼吸，接著豎起食指，指著上方回答：

「——上空出現了影像。」

我們一起衝到校園當中。

抬頭一看——空中投影出的影像是一整片清新的花海，還以惡魔文字寫著「請稍候」。大家都感覺到非比尋常的氣息，並提高警覺。就在這個時候，天上傳來一道聲音，以不正經的口吻說：

『咦？已經開播了嗎？真的假的？等一下啦～叔叔我的便當還沒吃完耶。廢話少說，快上場？好啦好啦。』

……我聽過這個聲音。語氣這麼輕浮的人，我只想得到一個。除了我以外的吉蒙里眷屬，在聽見這個聲音時大概也知道對方是誰了，都紛紛以憎恨的眼神看著天空。

清新的影像一變，投影在空中的變成一名銀髮中年男子。

——是李澤維姆·李華恩·路西法！

那個傢伙一邊眨眼，一邊開了口：

『啾咪♪哇哈哈哈哈哈！我是大家的偶像，李澤維姆叔叔☆大家好，初次見面，有些人則是好久不見！你們那邊的狀況好像很糟糕喔？我想說都沒跟你們說明好像有點那個，所以就決定親自向你們說明啦！在這種狀況下由敵方說明是一定要的對吧？即使不利於我們還是得說清楚講明白，這是一定要的對吧？』

那個大叔還是一樣讓人不爽，光是聽他的語調就讓人厭惡到起雞皮疙瘩。

『我想你們應該大致上猜到了，其實呢，我們用結界將你們那個地方整個包圍起來了！哎呀——突然這樣嚇你們，真是不好意思啊！』

嘴上這麼說，但他看起來一點罪惡感也沒有，只是一直露著邪惡的笑容。

『張設結界的是我們的合作伙伴，邪龍軍團的拉冬先生！是被第一代英雄海克力士宰掉的，守護黃金果實的龍！』

看得見有隻巨大的生物在那個傢伙身後……是長成龍形的樹木……不，應該是樹木化為龍了吧？散發出邪惡氣焰的邪龍拉冬……居然讓傳說中的邪龍一隻又一隻復活……我們就連一隻都還沒打倒啊！

『依照慣例，我們用了關鍵道具「聖☆杯」，讓牠像再生怪獸一樣再次復活，而且牠所擁有的強大守護防壁、結界之類的全都完好如初。再加上歐幾里得老弟的神滅具(longinus)複製品，就可以把整個領土包圍起來了呢！神滅具(longinus)的力量好強啊——！』

站在李澤維姆身邊的歐幾里得出現在影像當中。他的手上握著聖杯。

「…………！」

在我附近的加斯帕雙眼閃著近乎危險的光芒，用力咬緊牙關。對於現在的這個傢伙而言，眼前的影像應該相當難以忍受吧。

『然後，在那個鎮上的各位！你們那裡不但遭到結界包圍，就連各位知名魔法師的魔法力也遭到封印了。施加封印的，是邪龍中的邪龍！能夠使用千種魔法的阿日．達哈卡先生！牠的做事手法一樣相當精采！當然，也經過複製赤龍帝的手甲（boosted gear）的強化了喔！』

在李澤維姆身後，出現了另一隻巨大的龍。是一隻有三顆頭的龍……即使是在影像當中，也看得出牠的氣焰有多麼不祥而濃密……傳說中，牠號稱和克隆．庫瓦赫是同一個等級的邪龍對吧？聽說牠即使遭受瓦利隊的攻擊，而弄得渾身是血了，還是繼續攻向他們……老實說，我實在不太想用正常手段對付那種龍。

李澤維姆興高采烈地說了下去：

『另外，裡面連時間也和外界完全隔絕開來了，所以在外面的人並不會察覺到異狀。邪龍和神滅具（longinus）加在一起真是太強啦——！』

那個傢伙以更為刺耳的聲音笑了一陣之後，聳了聳肩。

『為什麼我們要這樣做？理由很簡單♪聚集在那裡的各位魔法師如果不願意成為我們的

助力的話，反而會成為阻力，所以就想說乾脆一起轟爆你們所有人好了！』

沒辦法把人綁架過來的話，就全都毀掉是吧。這與其說是手段強硬，不如說根本是小屁孩的思考模式吧！

『然後，如果能順便偷走一點阿格雷亞斯的技術就更好了！因為，那是我的把拔他們作出來的東西嘛——照理來說，那原本就是身為兒子的我該繼承的東西吧？你們不覺得嗎？』

李澤維姆愉悅地瞇起眼睛，指著我們說：

『哇哈哈哈哈，為了打倒我們而成立的「D×D」小隊的成員也在那邊吧？這點小事不算什麼，我們事先已經得到情報啦。要不要來場比賽啊？應該會很好玩喔。大群量產型邪龍，還有傳說中的邪龍，將前往你們那邊——還有那個空中都市……為了蹂躪一切。你們就試著阻止牠們吧。吶，來阻止看看啊。』

李澤維姆一個彈指。瞬間，無數的巨大紫色火柱包圍住這個小鎮，高聳入天！

那是什麼！為什麼會出現這麼多火柱？

「——是紫炎啊。來了一個棘手的人呢。」

因為聽見了熟悉的聲音，我轉過頭去——看見的是格恩達爾女士。看來是從會議廳走到這邊來了。格恩達爾女士忿忿地抬頭看著紫色的巨大火柱。那些火柱——成了十字形。

「……這是『紫炎祭主的行刑台（incinerate anthem）』！」

莉雅絲仰望著火柱，如此大喊。

……「紫炎祭主的行刑台(incinerate anthem)」！隸屬於離群魔法師團體「魔女之夜(Hexen Nacht)」的神滅具(longinus)持有者嗎！

格恩達爾女士說：

「火柱包圍住這個小鎮了呢。那是聖遺物(relic)之一，惡魔碰到必定難逃滅亡，就連魔術師也會被燒成灰吧……我聽說過她和『禍之團(Khaos Brigade)』是合作關係，不過還真沒想到她本人會親自來到這裡……」

也就是說，這次的恐怖攻擊不只有邪龍，連神滅具(longinus)持有者也參加了嗎！

李澤維姆開心地揮了揮手。

『就是這樣，大家要加油喔！三個小時後開始行動！哇哈哈哈哈哈！』

影像就此結束——

……狀況竟然往最糟糕的方向發展了……！我們立刻開始為了應對而開始行動。我無意間轉過頭去。

奧羅斯學園就在那裡。

……我想起小朋友們的笑容。暢談夢想的小朋友們、得到目標的小朋友們，他們今後還要在那間學園學習各種事物……什麼都還沒開始，哪能放任那些混帳東西襲擊那裡……！

……開什麼玩笑啊，我們哪能讓那些恐怖分子……破壞這間學校！

我們立刻展開行動。

首先，神祕學研究社和學生會的成員將待在學校裡的小朋友們、家長、講師們都帶到臨時的避難地點去。地點是——學校的地下。蒼那會長早就料想到可能會有這種情況發生，為了以防萬一，在地下深處準備好了構造堅固的避難所。

蒼那會長的準備真是萬全到令大家佩服不已。由於收容設施的空間十分寬敞，我們決定向鎮上的居民說明情況，讓大家也進去避難。

現在，所有在校內的校方相關人員全都前去引導避難者了。

『這樣啊，已經開始避難了啊。』

塞拉歐格透過魔法陣和莉雅絲連絡，我和莉雅絲正在和他通話。影像稍微有點雜訊，或許是受到紫炎的十字架出現所影響吧。

莉雅絲說：

「是啊，這個鎮並不大，居民也不算多。有三個小時的話，就能帶所有人到學校地下的避難所裡去了。」

『有辦法離開鎮上嗎？』

聽塞拉歐格這麼問，莉雅絲搖了搖頭。

「首先，除了包圍這一帶、將這裡與外界隔絕的結界之外，有另外一道障壁籠罩住這個小鎮，還有那些紫炎的十字架。我們試著離開這裡，但即使我們轟開障壁和十字架的雙重防護，也只能維持一瞬間，立刻就又會自動修復。」

動手嘗試的是潔諾薇亞和羅絲薇瑟。她們試過以王之杜蘭朵的砲擊，還有羅絲薇瑟的攻擊魔法或解咒術式，對籠罩住這個小鎮的障壁和火焰十字架發動攻擊。雖然可以造成破壞，但立刻就會恢復原狀，找不到能夠離開這裡的空隙。如果能夠撐個十秒鐘的話，或許還能將鎮民帶到外面去呢……

潔諾薇亞也嘗試挖地道到障壁外面去……但火焰十字架似乎也延伸到了地底。

也就是說，以現狀而言，我們找不到離開這裡的方法。魔法師們的魔法大部分都遭到封印是一大損失。要是沒被封印的話，還可以透過多重施展轉移魔法的方式移動，即使無法離開大規模的結界，應該也能夠一口氣離開鎮上才對。

——不過，我們正在進行準備。所有參加聚會的魔法師們正在試圖為人所不能為，應用未被封印的術式，在學校地下的避難所，以新的公式建構出轉移型魔法！現在在那裡的全都是在那領域相當出名的魔法師。正因為如此，才能採取這麼誇張的方法。

他們表示，將鎮民和小朋友們轉移到小鎮外的魔法只要有幾個小時就能建構完成，所以我們必須戰鬥到術式完成為止。在那之前，我們必須迎戰襲擊而來的邪龍，保護這個小鎮。

塞拉歐格嘆了口氣。

『這邊也是。我們能夠破壞籠罩住阿格雷亞斯的障壁，但障壁會在瞬間復原，這樣也無法將都市內的人們帶出去。而且——這裡好像已經被邪龍包圍了。』

塞拉歐格展開了一個影像。

——！看見那幅光景，我和莉雅絲都說不出話來。

天上是一片黑。一片漆黑，包圍著空中都市。

那一片黑……是成群的量產型邪龍！包圍那裡的數量……不下一兩百隻。

……位於邪龍們中心的，是一隻散發的氣焰格外邪惡，長著三顆頭的龍。牠拍打著三對巨大的翅膀，在阿格雷亞斯前方待命……黑亮的鱗片不時發出紫色的光芒，在大群量產型邪龍當中，也格外引人矚目。

……是阿日．達哈卡，牠去阿格雷亞斯那邊了啊。瓦利隊對付牠的時候也陷入了苦戰……那絕對不是應該正面與之挑起衝突的對手吧。

『這邊有我們巴力眷屬和絲格維拉．阿加雷斯以及她的眷屬，而且迪豪瑟大人的隊伍也還留在這裡，想解決我們沒那麼容易。』

那邊有塞拉歐格的隊伍、阿加雷斯隊、皇帝(emperor)彼列隊。論戰力，應該比我們這邊還強吧。

『尤其是絲格維拉，她以大公的臨時代理人身分，在阿格雷亞斯指揮各種事宜。她相當能幹，甚至說服了委員會裡那些不知變通的老人家和市長，掌控了都市機能的實權。』

阿加雷斯家的繼任宗主小姐啊。或許是因為她給我的第一印象太凶了吧，我到現在還是覺得她很難親近。

「……明明就是為了這種時候才成立『D×D』，卻只有我們能夠參戰，真不甘心。」

莉雅絲心有不甘地低下頭來，但塞拉歐格對她露出強勢的笑。

『這就不對了，莉雅絲──還有我們在這裡。這遠比我們不在還要好得太多了。』

沒錯。要是沒有我們在的話，這裡的狀況只會更糟糕吧。

塞拉歐格面對著我說：

『兵藤一誠，現在正是緊要關頭。阿格雷亞斯、那個小鎮、學校裡的小朋友們，所有人都靠我們拯救了。』

「……塞拉歐格，那些小朋友們和那些傢伙信奉的思想和666(trihexa)都毫無瓜葛，對吧？」

『是啊。』

「他們只是懷著夢想來到這裡而已，對吧？」

『是啊。』

「——『D×D』應該不惜一死，也要保護那些小朋友們，對吧？」

『是啊，那當然了。保護冥界的希望，正是我們「D×D」成員的使命。絕對不能讓任何一個小孩死去。然後，也絕對不能放過任何一個恐怖分子。我們要撂倒所有攻過來的敵人，這就是擁有力量的我們所背負的宿命！』

……我心裡一緊。可惡，我太高興了。

組隊真是太好了——組成「D×D」小隊真的是太好了。知道除了我們之外還有人在戰鬥，原來是如此令人安心的一件事情！

『等我收拾掉這邊的敵人之後，一定會趕過去。所以，你們一定要撐住。』

「好！如果我們成功逃離這裡的話，也一定會過去你們那邊！」

戰鬥的時刻——正逐漸逼近。

為了在這場防衛戰前開最後一次會，我和莉雅絲前往設置在地下避難所的作戰會議室。

我們沿著走廊前進時，看見一對坐在長椅上的男女。應該是小朋友的家長吧……我覺得之前好像在哪裡見過那位女士。

而那位男士一看見莉雅絲，便走過來問：

「請……請問，莉雅絲公主殿下……這間學校會變成什麼樣……？」

他的聲音和表情都帶著不安。而莉雅絲微笑著說：

「沒問題的。這個避難所的結構很堅固，即使遭受恐怖分子的攻擊也撐得住。在這段時間當中，轉移魔法陣應該就會完成了，大家都可以平安離開這個小鎮。」

那對夫妻聽了之後，不安的表情緩解了幾分。

男士吐露出他的心聲：

「……小犬……他笑了。或許是因為生來就沒有魔力吧，他活到現在，一直遭到其他人排擠。儘管如此……他還是我們花了百年以上的時間，終於生下來的骨肉。我們一心只希望他堅強地活著，一直支持著他，把他拉拔到這麼大。」

——！

……和塞拉歐格一樣的遭遇啊。

男士繼續說：

「但是，同年齡的其他孩子們，大家都理所當然地運用著魔力……所以，他在發覺自己和其他孩子們的不同之後，臉上就失去了笑容……不過，來到這裡之後，小犬……又笑了。他上次這樣笑，已經是看到胸部龍的時候了吧。」

那對夫妻——一面哭著如此表白。

……生下了不帶魔力的小孩的父母。他們一路生活至今，想必經歷過許多我無法想像的苦惱吧。而這間學校，即將成為那對父母的希望。

我感覺到有人往這邊衝過來的氣息，便轉過頭去——看見的是一個小朋友和羅絲薇瑟。

那個小朋友——是李連克斯。李連克斯衝進了雙親的懷抱當中，以開朗的聲音說：

「爸爸！媽媽！你們看你們看！」

李連克斯當場向前伸出手，開始使勁。於是，他的掌心冒出些微火光，瞬間閃了一下。

李連克斯興奮地向自己的父母報告：

「這是火焰魔法喔！你們看，我會用火了！」

男士——李連克斯的爸爸驚訝地楞了一下，隨後就露出笑容，抱住自己的兒子。

「……很、很好，你做得真棒。」

李連克斯的爸爸眼中不停流出淚水，他的母親也在後面忍不住嗚咽。

剛才那一幕，想必是眼前的親子一直以來都想要看見，卻看不到的景象吧。對一般的惡魔親子而言，是理所當然能夠擁有的事物，這家人卻無法如願。現在，他們總算實現了對於惡魔而言的「一般」場景。應該是看著自己的小孩有所成長的模樣，讓那對父母心中難以壓抑的情緒全都宣洩出來了吧。

我對李連克斯說：

「我記得你叫李連克斯吧，之前有來看過我的表演。」

「嗯！那時候真的很謝謝你！」

李連克斯的母親嚇了一跳。

「你記得我們啊。」

李連克斯一跑過來我就立刻想起來了，她就是當時來看表演的那個媽媽。

「我就說嘛，胸部龍才不會忘記我呢！」

聽自己的兒子自豪地這麼說，李連克斯的母親也說著「真的耶」，然後輕輕地笑了。

莉雅絲問李連克斯：

「這間學校好玩嗎？」

「嗯！吶，我也可以變強嗎？」

李連克斯這麼問我們。羅絲薇瑟摸摸他的頭說：

「你一定可以變得比我還強。你這個年紀的小朋友可以反覆挑戰這麼多次還不放棄，是一件很厲害的事情。所以，無論發生任何事情，你都要相信自己喔。」

「是！羅絲薇瑟老師！」

李連克斯精神奕奕地回答。那對父母牽著他的手，回到等待處去。

目送他們離開之後，我們三個人一起走向作戰會議室。

一邊走，羅絲薇瑟一邊說：

「……他好像一直都在練習。他說，為了讓爸爸和媽媽不再哭泣，他想要變強，所以一直都在練習。」

……那個孩子也很為父母著想呢。還那麼小，就想要為了父母而變強。

羅絲薇瑟露出微笑。

「……無論是怎樣的魔法，都必定對術士本身和其他人有其用處，因為世上沒有毫無意義的魔法，是吧。」

這是──格恩達爾女士，羅絲薇瑟的奶奶在魔法講座上對小朋友們說過的話。羅絲薇瑟將這句話說出口，反芻了一下，然後輕輕笑了。

「我還很小的時候，祖母一直反覆對我這麼說。或許那時，我對這句話只是一知半解而已……不過，現在我好像可以理解祖母這句話的真正含意了。」

不知道是不是我多心，總覺得羅絲薇瑟的表情看起來清朗多了。

來到作戰會議室已經近在眼前的地方，我們看見了蒼那會長、匙，還有一群小朋友。

小朋友們帶著不安的表情問：

「匙老師，是不是有很可怕的龍會來啊？」

「這間學校會不見嗎？」

匙摸了摸小朋友們的頭，笑著說：

「沒什麼啦，你們不需要擔心。我們會把那些壞龍全部打倒！只是，如果你們受傷的話就不好了，才會要你們待在這裡啊。所以，你們要乖乖在這裡等喔。對吧，會長？」

會長也微笑著說：

「沒錯，就是這樣。你們不需要擔心任何事情，知道嗎？這樣好了，你們就在這裡看『胸部龍』的影片吧。等到你們看完的時候，那些壞龍一定都不見了。」

聽他們這麼說，小朋友們這才露出安心的表情，走向避難處。

匙目送他們離開之後，握緊拳頭說：

「……他們休想破壞這裡。有這麼多惡魔可以在這間學校得到希望——更何況這裡是我們的夢想。」

我走到他身邊，把手放在他的肩上。

「沒錯，我們要保護這裡。」

蒼那會長和莉雅絲也露出強勢的笑，點了點頭。

「匙，沒問題的。無論面臨怎樣的戰鬥，我們都存活下來了，都守護下來了。所以這次也和那些時候一樣——我們要保護這個小鎮，保護這間學校。」

「沒錯，絕對不能讓敵人得逞啊。」

確認了彼此的意志之後，我們走進會議室。

—○●○—

在距離對方指定的三個小時的時限，只剩下三十分鐘的時候。

我們——神祕學研究社成員和學生會成員，離開奧羅斯學園的地下避難所，回到校內。

儘管對方宣告的時間是三個小時，但他們不見得會遵守。我們一直都在保持警戒，而且在經過兩個小時的時候就已經完成準備了。然後，在指定時間的三十分鐘前——也就是現在，為了進入備戰狀態而回到地上來。

我們的戰鬥相當單純。

魔法師們在地下建構完成新轉移魔法陣之前的這段時間內，死守這個小鎮——這所學校，這樣就可以了。這是一場防衛戰。

由於蕾維兒沒有戰鬥能力，所以也讓她在地下避難所待命。

當我們在走廊上移動，準備走出學校的時候。

因為愛西亞的注意力被某樣東西吸走，而完全停下腳步的關係，我就順著她的視線看了過去——是走廊的牆壁。

走廊的牆壁上張貼著留言和圖畫。據說是體驗入學結束後，小朋友們所留下來的。

『我想成為排名遊戲的冠軍。』

『希望我可以來這間學校上學。』

『我學會使用魔力了！』

『很高興可以見到胸部龍！』

『我還想來這裡！』

『我想進這間學校！』

內容完全表現出了小朋友們的堅定的意念。

那些文字和圖畫完全稱不上漂亮。但他們將在體驗入學中所得到的收穫，全都灌注在圖畫、文字當中了吧。

……看見這些，真教人感動不已。這讓我更專注在絕對要保護他們才行的念頭上，而大家看到這些，士氣也都變得更加振奮了。

忽然，我感覺到幾個氣息朝著我們接近。

一群身穿士兵鎧甲的男士，走到我們眼前來。從他們的神情看來，並不像是士兵。這該不會是……

木場說：

「……是小朋友們的家長。」

沒錯，他們是那些小朋友的爸爸。大家都是一臉心意已決的表情。

那些爸爸們向前踏出一步，紛紛表示：

「我們也要戰鬥。」

「聽說這個小鎮當中沒有多少會戰鬥的居民，也沒有駐紮的軍隊。」

「人手總是多一個算一個比較好吧。除了戰鬥以外，應該也有我們能做的事情才對。」

「說不定還有居民來不及逃走呢。」

正如他們所言，只有我們能夠戰鬥，這樣應該很難因應突發狀況吧。要是真的還有居民留在鎮上的話，只靠我們也不知道有沒有辦法處理。

善使仙術的小貓也說，在火焰十字架包圍了小鎮之後，她就很難察覺到細微的氣息了。她表示可能是那些紫炎柱讓她的探測能力變遲鈍了……也因為這樣，或許有她無法掌握到的居民也說不定。

莉雅絲一臉嚴肅地告訴他們：

「不過，即使是量產型，對手依然是邪龍，要對付牠們可沒那麼容易。也有可能會碰上傳說中的邪龍吧——到時可是得賭上性命。」

沒錯，對手是恐怖分子，而且還是一大群邪惡至極的邪龍——難保不會喪命。就連我們，也是打算要賠上性命與之一戰了。

聽見莉雅絲這麼說，他們的戰鬥意識非但沒有減弱分毫，反而還露出了微笑。

「即使是這樣我們也要上，莉雅絲公主殿下。」

「我們只是一介平凡惡魔，不敢說什麼要保護阿格雷亞斯或是這個小鎮之類的大話。」

「所以，我們會憑著想要保護這所學校的念頭而戰。」

「這所學校讓孩子們找到夢想，對我們而言也成了希望的象徵。光是如此，就足以讓我們賭上性命了。」

……他們已經做好賭上性命的打算了啊。為了孩子的夢想、為了家人的希望，他們表示不惜一死也要戰鬥——而且還露出了最棒的笑容。

莉雅絲也壓抑住內心湧現的感動，露出好勝的笑容。

「……看來我怎麼說你們也聽不進去吧。好吧，只是，你們要答應我一件事。」

望著所有人，莉雅絲以強烈的語氣叮囑：

「絕對不可以死。你們還得看著孩子們的未來，這也是這所學校之所以成立的原因。」

「「「「是！」」」」

爸爸們氣勢十足地大喊。

連他們都做到這種地步了，我們更必須要死守這間學校才行。不，這還只是理所當然的，我們更要保護每一個人的性命，堅守到最後才行……！

我們——準備迎來決死的防衛戰。

空中可以看見一群黑色的生物。漆黑的邪龍維持著滯空狀態，包圍小鎮。時間一到，那些傢伙就會一擁而上吧。想到這裡我就打了個寒顫。

數量不下一兩百，遠遠超過出現在羅馬尼亞的量產邪龍大軍。當時，邪龍們以少於眼前的數量，就毀滅了吸血鬼的城鎮。

剛才還充滿勇氣的爸爸們看見成群的邪龍之後，也為之戰慄。

離開校舍之後，在分散前往各自負責的地點之前，我們在校園裡進行最後確認。

擬定作戰計畫的蒼那會長走上前說：

「接下來，我們要遵照作戰計劃，以這間學園為中心朝四面八方分散。原則上是以兩個人為一組，迎戰敵人。」

我們將以奧羅斯學園為中心，分散到各處迎戰飛過來的邪龍。人員的搭配則像這樣。

「國王(king)」莉雅絲＋「騎士(knight)」班妮雅。

「騎士（knight）」木場＋「皇后（queen）」真羅副會長。

「騎士（knight）」潔諾薇亞＋「城堡（rook）」由良。

「皇后（queen）」朱乃學姊＋「騎士（knight）」巡。

A（ace）伊莉娜＋「主教（bishop）」花戒。

「城堡（rook）」路卡爾＋「主教（bishop）」草下。

「士兵（pawn）」匙＋「城堡（rook）」小貓。

「士兵（pawn）」我，兵藤一誠＋「士兵（pawn）」仁村。

基本上就是火力加上守備或支援，以便組合成前鋒與後衛的隊形。蒼那會長和阿加則是留在校園裡。加斯帕黑暗化之後，盡可能大量製造出暗獸，遵從會長的指示分派到各地去。

至於前來幫忙的爸爸們，我們請他們挨家挨戶清查有沒有還沒去避難的居民。當然，要是邪龍朝他們攻過去的話，他們也必須在能力所及的範圍內對付邪龍。這是為了盡可能不勉強他們所做的安排。以戰鬥成員而言，比起我們，他們的力量讓人不太放心。讓他們避免和敵人正面發生衝突才是上策吧。

會長對我說：

「那麼一誠，麻煩你了。」

我點了點頭，召喚出使魔。

我的使魔——斯基德普拉特尼。剛開始的時候還只有模型般的大小——但從魔法陣當中出現的龍帝丸，已經有一艘小船的大小了。

莉雅絲對愛西亞說：

「愛西亞就搭乘這個在戰場上到處移動。」

「是！」

現在的龍帝丸，已經能發揮出相當快的速度了。雖然還比不上木場的神速，不過只要距離不算太長，都可以瞬間抵達了。

「到處移動的恢復成員應該相當容易遭到攻擊，所以護衛就依照計畫——」

莉雅絲看向羅絲薇瑟，她便接著走上前說：

「是的，由我擔任。我會幫愛西亞抵擋攻擊，同時從後方發動射擊掩護各位。」

這個任務交給她最適合了。以防禦魔法保護愛西亞，行有餘力時還能在到處飛行的龍帝丸上頭發動遠距離攻擊。由於不需要自己移動，體力都可以運用在攻擊上。

「…………」

一臉凝重的木場映入我的眼中……格拉墨的調整還不完全。之前說過的那個用聖魔劍包覆的方法也才剛開始實驗而已，在實戰當中應該還無法使用。如此一來，這個傢伙就很可能會亂來，而且他也不是那種會聽勸的人啊。

我找上要和木場搭檔的真羅副會長，在她耳邊說：

（副會長，木場很有可能會亂來，所以要請妳非常注意地盯著他。那個傢伙很有可能會不惜削減自己的生命，也要使用格拉墨。要是發現苗頭不對，能不能請妳阻止他一下？）

聽我這麼說之後，真羅副會長表示「我知道了」，並點了點頭。我隨即揚起嘴角，又補上了這麼一句：

（這是提昇好感度的好機會，請好好加油。）

副會長對木場非常著迷。我想這應該是個好機會，所以隨口建議了她一下，沒想到真羅副會長隨即就滿臉通紅地說：

「你、你、你、你你你你你你、你在說什麼啊！我、我完全沒在打、打那種主意……」

都驚慌失措起來了。喔喔，好清純的反應啊。而且妳的眼神也飄忽不定得太嚴重了吧！

「？」

木場本人則是一臉莫名其妙地歪了一下頭。

接著，我聽見西迪的新進眷屬——班妮雅和路卡爾的對話。班妮雅露出苦笑，而路卡爾則是一樣臉上沒什麼表情。

「才剛變成眷屬就接連經歷激戰，運氣還真不好。」

「……這也是宿命吧。」

他們加入的時機確實有點不好……

他們兩位在學校也將輔助教學的工作做得很好。班妮雅開了一個有關死神(grim reaper)的講座，路卡爾則是示範混和魔法和體術的戰技。

總覺得，我好像比較沒那麼緊張了。

正當我們做完最後確認時——校園內展開了一個魔法陣……是大型的聯絡用魔法陣，而且是魔法師所使用的形式。

魔法陣當中投射出一個人影。

出現在影像中的，是個身穿紫色歌德羅莉服飾的年輕女子，她不停轉動著手上的紫色歌德風陽傘。外表看起來像個洋娃娃似的，年紀大概二十出頭，美貌中帶著些詭異的氣息。應該說，即使只是立體投影，也完全感覺得到她的氣焰中充滿了惡意。

女子嫣然一笑，向我們打招呼。

『幸會，各位惡魔。我是「魔女之夜(Hexen Nacht)」的幹部，名叫華波加。今後請多指教♪』

明明是第一次見到這名女子，但有些成員一聽到這個名字卻臉色大變。

蒼那會長喃喃地說：

「……『紫炎的華波加』。神滅具(longinus)『紫炎祭主的行刑台(incinerate anthem)』的持有者……」

——！

我驚訝到說不出話來！這、這個女的，就是傳說中的聖十字架使用者！

紫炎的華波加保持著微笑，繼續說：

『奉李澤維姆伯伯之命，我跟著各位邪龍一起，來讓你們又燃又萌囉。能讓各位為我發萌的話，燃燒你們才更有意思呢。』

她尖細的聲音相當刺耳，但身上的氣焰依然散發著給人毛骨悚然的感覺。看來她的個性應該和語氣相反，相當惡劣……

『戰鬥即將開始，各位都準備好了嗎？』

所有成員都瞪著紫炎的華波加看。華波加見狀，做作地裝出害怕的樣子。

『討厭啦——好可怕喔。各位惡魔都超生氣的♪呵呵呵，好像會很好玩呢♪』

——她露出了醜惡的笑容，令我忽然抖了個冷顫……果然，這傢伙是個殺人不手軟的女人。只要一手下留情——就會被燒成灰燼。

華波加望著我們說：

『請問羅絲薇瑟小姐是哪一位呢？』

……她問羅絲薇瑟？由於大家都看向她本人，讓對方也知道了誰是羅絲薇瑟。華波加對羅絲薇瑟說：

『是這樣的，原則上，有人吩咐我，要將妳毫髮無傷地帶回去呢。』

「？是誰這麼說？」

羅絲薇瑟這麼一問，華波加便一邊轉著陽傘一邊說：

『——是歐幾里得先生喔。他說，他很想要妳呢。討厭啦——型男先生指定要妳呢，真是令人羨慕呀♪』

……那個傢伙，就這麼想要羅絲薇瑟嗎？羅絲薇瑟的才能有這麼吸引他啊……

羅絲薇瑟搖了搖頭。

「我不會去，我會戰鬥。」

聽她這麼說，華波加也只是笑著說「我想也是♪」，一副早就知道的樣子。

她拎起裙擺，向我們告別。

『那麼，各位，讓我們好好大戰一場吧。』

說完，魔法陣便消失了。

……交戰之前特地來露臉啊。

潔諾薇亞不屑地說：

「那種傢伙心裡在想什麼，我再清楚不過了。她肯定是那種想先確認自己要殺的人長什麼樣子，並以此為樂的類型。我都快吐出來了。」

原來如此，確實是有這種感覺。畢竟她一一盯著我們的臉，看得很仔細。

莉雅絲儘管因為華波加的登場嘆了口氣，但還是露出強勢的笑容說：

「各位，準備好了嗎？我可愛的眷屬們！對手是帶著量產型邪龍的恐怖分子喔！還記得我們之前已經跨越過多少危機了嗎？眼前雖然也是面臨一大困境，但我不許你們喪命！」

她威風凜凜地說出了招牌台詞：

「像平常一樣讓他們灰飛煙滅吧！」

「「「「「「是！」」」」」」

吉蒙里眷屬和伊莉娜鬥志高昂地回答！

西迪方面則是由會長向眷屬們說：

「……要是我們輸了，這所學校也會片瓦不留吧。事情並不是全毀之後再重建就好這麼單純——已經有夢想和希望聚集在這裡了，這些東西絕對不容毀壞，我們要好好保護。打造這裡的我們，必須為此而戰。」

「「「「「「是！」」」」」」

西迪眷屬和爸爸們也充滿了氣勢！

於是——我們各自散開往指定的地點而去！

我立刻就禁手化（balance break），和與我搭檔的「士兵（pawn）」仁村一起抵達學校南邊。我們在應該是剛結束收成，土地還裸露在外的田裡備戰。

吼喔喔喔喔喔喔喔喔喔喔喔——！

空中傳來的野獸咆哮聲在四周迴響——是大群邪龍發出的吼叫。大概是表示對方指定的三個小時已經到了吧。

停留在空中的大量邪龍們一起飛了過來！我從正面揍飛牠們，邪龍一隻又一隻栽進田地裡。每當巨大的龍掉落到地面上，都可以聽見聲聲地鳴。和我搭檔的仁村也裝上腿甲型的人工神器(sacred gear)，隨著噴發的氣焰踢飛敵人。

「喝啊！我也是有在修練的喔！」

仁村這麼說。每次見面，她的體術確實都變得更刁鑽，速度也已經快到足以產生殘像了，可見她已經能夠隨心所欲地使用神器(sacred gear)了吧。

遠方也不斷傳來轟隆作響的劇烈衝撞聲。趁著空檔看向別的地方時，也能看見神聖氣焰直衝天際，或是閃電大作的景象。大家真是一點都不手軟啊！

遠方的景色中——阿格雷亞斯那邊也可以看見數不盡的爆炸接連引發。塞拉歐格他們在那裡也是奮力對戰吧。

——這時，有東西從我們的影子當中冒了出來。是黑暗所形成的巨大生物！暗獸從我和仁村腳邊的影子當中現身，與邪龍對峙。

看來是阿加在學校裡製造出暗獸，送到這邊來了！暗獸也和我們一起攻擊邪龍！

太可靠了！但——邪龍感覺一點也沒有減少！如果可以像羅馬尼亞的時候一樣，展開足以覆蓋整個城鎮的黑暗就好了，只是那招消耗的續戰力相當龐大，無法多用，用了也持續不了幾分鐘。敵人的數量遠比上次多出許多，加斯帕的力量是防衛戰的關鍵之一，與其因為過度消耗而脫離戰線，不如讓他多製造一些暗獸去對付邪龍要來得有效率，這是會長的判斷。

前方有超過十隻邪龍一口氣朝我這邊衝了過來！我將體內的棋子切換成「主教（bishop）」，肩上出現了兩門砲管，並將龐大的氣焰積蓄到砲口！

——龍牙主教（welsh blaster bishop）！

我將砲擊調整到不致於破壞小鎮的程度，只針對牠們發動攻擊！

「那麼，我要一口氣解決牠們了！」

砲口吐出兩發鮮紅色的氣焰，吞沒了逐漸逼近到眼前的成群量產型邪龍之後炸了開來！

剛才的砲擊將那群邪龍殲滅了！真是個好兆頭！

儘管如此，邪龍們依然沒有要停止進攻的意思。我展開龍的雙翼，和仁村一起突擊。

之後，過了十分鐘左右。

就在這一帶充斥著一堆又一堆被我們打倒的邪龍時，後方響起足以傳到我們這邊來的爆炸聲響！

我轉過頭去——看見高聳入天的紫色火柱！……而且呈現出十字架的形狀。是華波加啊……那邊是學校北邊的方向！負責那裡的應該是莉雅絲和班妮雅！

塞在耳朵裡用來取代對講機的魔力裝置當中傳出聲音。是蒼那會長。

『……聖十字架的使用者由北側進攻。只靠莉雅絲她們兩個，要對付她恐怕有困難。暫時縮小防禦範圍，集結為四人小隊。各位，請先行後退——』

蒼那會長的聲音被打斷，西南方響起爆炸聲，更冒出黑煙！不是十字架！既然如此，這次又是什麼？

小貓的叫聲在眾人耳中響起：

『我是負責西南方的小貓……邪龍格倫戴爾和拉冬在這邊出現了。』

——！

她說格倫戴爾？居然在這種時候出現……不，正因為是這個時候，那個傢伙才會跑出來吧！北邊有神滅具（Longinus）持有者，南邊有傳說中的邪龍啊！

負責西南方的是小貓和匙！只靠他們兩人，要對付格倫戴爾和另外一隻邪龍太勉強了！

我向仁村使了一個眼色，彼此確認了一下，就朝小貓他們那邊而去。

我們抵達定點時，敵方已經攻到非常接近學校的位置了。是個有很多風車小屋的地方，

但現在已經有好幾座風車遭到摧殘並冒著煙。

一隻身上散發出來的氣焰格外邪惡的龍，注意到正在接近的我。牠露出醜惡的笑，銀色的雙眸閃著危險的光芒——是格倫戴爾！

『喲，赤龍帝，好久不見了！是本大爺啊！』

對啦，我知道啦，知道到都覺得厭煩了。這是第三次對付他了吧，我都快受不了了。

匙和小貓呢……？我四處張望了一下——看見了遍體鱗傷、氣喘吁吁，卻依然與格倫戴爾對峙的小貓和匙。太好了，看來是趕上了。

正當我鬆了一口氣時，一棵龍形的樹擋到我的眼前。不，是一隻巨大的樹龍——看似臉部的地方，有一道大裂口。那大概是牠的嘴巴吧。裡面閃著紅光的凹洞則是眼睛——

牠看著我，出了聲：

『各位應該是第一次見到我吧。我是「寶樹護封龍（insomniac dragon）」拉冬。主要負責張設結界、障壁等等……今後請多多指教。』

……就是這個傢伙啊。這次的主謀之一。將這一帶以結界整個包圍起來的，就是這個傢伙。我記得，牠是不是好像對防禦、封印方面相當擅長？好像是第一代海克力士的挑戰之一，當時是將九頭蛇的毒液丟進牠嘴裡才將牠打倒。很不巧的，我並沒有九頭蛇的毒液那種方便的道具，就算有，牠的弱點也很有可能已經用聖杯消除了……

見我們擺出備戰姿勢，格倫戴爾開心地說：

『我都聽說囉！你們蓋了那個叫做學校的東西啊？』

那個傢伙以粗壯的手指指著學校的方向，加深了臉上邪惡的笑意，如此放話：

『只要我想破壞那裡的話，你們就會認真陪我玩，對吧？』

——！

……這個混帳……！到底打算胡鬧到什麼地步……！

那個傢伙的口無遮攔聽得我和匙火冒三丈！在場的我、小貓、匙、仁村，四個人必須打倒牠們才行！不，至少也得應付牠們到轉移魔法陣完成為止！當然，我會盡可能揍扁牠們！

格倫戴爾展開大大的雙翼，揚聲大叫：

『那麼就……開始啦——！看是我先破壞學校，還是你們先破壞我，來比比看究竟是誰比較快吧——！』

那個傢伙說完立刻就鼓起腹部！牠想吐火！

牠的身體——對準的是學校！牠想出招！這個傢伙打算將那種巨大的火球吐向學校！

「開什麼玩笑！」

我衝出去準備從旁往牠的臉上揍下去——但，一個看似結界的球形物包住了我！我就像是被包在一個巨大的肥皂泡泡裡面啊！

我看向拉冬！那隻樹龍發出黑沉沉的氣焰，閃著紅光的雙眼緊緊盯著我！

唔……！中招了！格倫戴爾的火焰瞬間分散了我的注意力，讓我產生了破綻！結果就被關進結界裡來了！

匙使盡渾身解數，好不容易以黑炎抵消了格倫戴爾的火焰。

仁村和小貓衝了出去，攻向拉冬！

「可惡！」

「放開學長！」

仁村全力使出踢擊，小貓也打出帶著鬥氣的拳頭！兩者的攻勢都相當猛烈——但包覆在拉冬身上的防禦障壁還是若無其事地將攻擊全都彈開。

『沒用的，不成氣候的攻擊無法突破我的防壁。』

她們兩個的攻擊並不算弱，小貓和仁村的攻擊都足以打飛量產型邪龍。然而，這隻龍製造出來的障壁卻能夠完全阻絕她們的攻勢！

我也從結界內部加以攻擊——卻絲毫沒有變化！這障壁也太硬了吧，是怎樣！我的拳頭的威力可是足以輕而易舉打消一般的防禦魔法陣耶！

看見我被包在小規模的結界裡，格倫戴爾對拉冬大吼：

『喂喂喂，拉冬！赤龍帝的對手是我啊！』

牠居然以帶著殺意的眼神看著同伴。不，這些傢伙八成沒有同伴意識吧。畢竟，格倫戴爾就連面對阿日．達哈卡也毫不退讓。

拉冬似乎並不特別介意，淡然地說：

『又不會怎麼樣。你已經和這位先生玩過好幾次了不是嗎？我也很想試著對付他一次看看嘛。聽說現任赤龍帝極度重視火力，我很想試試他能否打破我的防禦障壁。』

格倫戴爾惡狠狠地瞪著牠。在充滿火藥味的氣氛中，格倫戴爾嘖了一聲，選擇退一步。

『嘖！就是因為這樣，我才討厭和人搭檔！算了，要是邪龍之間起衝突，歐幾里得又要囉嗦了。我只要對付這幾個傢伙就好了吧。只有這次喔，拉冬！我可不接受第二次要求！』

格倫戴爾放著我不管，朝匙進攻。

『既然如此，我就找弗栗多！可以吧，弗栗多小弟──────！』

不妙！要現在的匙單獨對付牠，負擔太重了！我原本打算請小貓和仁村去幫匙助陣──但從天空發動攻勢的量產型邪龍阻擋了她們兩個人，所以也行不通！

……只好變身了！現在可管不著什麼保留體力了！

──是時候換上鮮紅色的鎧甲！

我詠唱咒文！

「──吾，乃覺醒者，乃揭示王之真理於天之赤龍帝也！胸懷無限的希望與不滅的夢想，而行王道！吾，當成紅龍之帝王──」

「將汝導向鮮紅色的光明天道──！」

鮮紅色的光芒從我的鎧甲上發出，逐漸改變鎧甲的形狀！──同時，我憑著升格的氣勢破壞了拉冬的結界！

以真「皇后（queen）」的力量，我一拳就打破了包圍著我的堅固結界！

好！變成這個型態的話，即使是拉冬的結界也破壞得了！

我原本打算踢牠一腳再去為匙助陣，但球形的結界再次包圍住我！而且這次還重疊了兩三層障壁！

拉冬臉上的窟窿裡的眼珠發出異樣的光芒。

『原來如此，這就是傳說中的鮮紅色鎧甲啊。看來足以破壞我的結界呢……不過重疊兩三層的話，又會如何呢？』

「那種東西，只要一層一層打破就好了！」

我不顧一切地以拳頭破壞正面的障壁！──但我才剛打破，新的障壁又立刻出現，阻止我逃離結界！這是那種永無止盡的攻擊吧！也許是打算讓我多做無謂的攻擊，消耗我的體力！不然乾脆直接從結界裡面對著拉冬發射真紅爆擊砲好了！可是，這樣有沒有辦法突破包覆在那個傢伙身上的防禦障壁也還是個未知數。

太糟糕了，這個傢伙根本完全牽制住我了！對於重視火力的我而言，面對像這個傢伙一般化解攻擊的類型，很有可能會遭到完封！要是德萊格回來的話，可以壓低體力的消耗，又能使用那些飛龍(wyvern)，或許還有點搞頭……！

黑暗加斯帕的暗獸們也不斷施加打擊，試圖破壞包圍著我的結界，但即使造成了裂痕也會瞬間復原，缺乏決定性的一擊。

就在我苦思著該如何對應時，聽見一陣鈍重的聲音。那是骨頭的碎裂聲。我看向聲音傳來的方向——看見的是抱著肚子倒地的匙！

格倫戴爾正好是維持著踢腿的姿勢。那個傢伙的踢擊完全命中匙了嗎！

匙……原本似乎是以龍脈(line)連接對手，發出黑色火焰正面迎戰。但是，格倫戴爾在赤手空拳的戰鬥中強到不像話，想和牠互毆除非同樣是火力型，否則幾乎不可能。不，以匙的個性，他應該會避免這麼做才對。但是，格倫戴爾的腳程也相當快，肯定是跟上匙的動作，踢了他一腳！

『呼哈哈哈！什麼嘛，弗栗多不在啊？要是有那個傢伙在的話應該還可以撐久一點吧？不過只是裝了神器(sacred gear)在身上的你根本對付不了我喔！如果你的攻防能力有赤龍帝等級的話倒是另當別論。』

格倫戴爾笑著這麼說。沒錯，弗栗多目前不在匙身上。為了協助德萊格和阿爾比恩處理問題，牠和法夫納一起將意識傳送到神器深處去了。

格倫戴爾瞥了匙一眼之後，朝學校走去——但匙並未就此退縮，站了起來。

「你休想過去！」

牠在格倫戴爾的前後左右製造出黑色的火焰牆，但格倫戴爾只是舉臂一揮就吹散了。儘管如此，匙又增加了龍脈，連接道格倫戴爾身上。大概是想盡可能抽取那個傢伙的力量吧。

「仁村！塔城！這些龍脈給妳們——」

匙準備將龍脈拋給伙伴們。連接到身上，就可以接邪龍的力量轉換成惡魔的力量使用了。如果成功的話，就能夠一面削弱對手的力量，一面轉化為我們的力量，是一石二鳥之計，但是……

『耍什麼小聰明啊，臭小鬼————！』

格倫戴爾敏捷地挪動牠巨大的身體，制止了匙的動作！逼近到匙身前的格倫戴爾將他往上踢飛，再從上方揮臂向下打！

匙被牠揮落到地面！還反彈了好幾次，最後摔在地上！

「……唔啊！」

匙從嘴裡吐出一大口血。剛才的攻擊不妙！是致命傷！必須盡快恢復，否則匙會……！

為了搭救匙，我展開了收納在翅膀當中的真紅爆擊砲！對準了拉冬！

拉冬詭異地揚起嘴角。

『太驚人了！那是你的必殺技對吧？很好！你就用用看吧！我會擋下來給你看！』

「隨你怎麼說，混帳！」

我將氣焰傳進砲管裡，積蓄力量！在這段期間內小貓和仁村依然一面打飛量產型邪龍，一面試圖接近匙的身邊。

「元士郎學長！請你快逃！你們夠了沒啊，快讓開！」

「……你不可以死在這裡！」

兩人拚命想去助陣！我也是！這種結界我馬上就可以轟飛，然後就立刻趕過去！

確認砲管內充滿能量之後，我從結界裡面朝著拉冬開砲！

「去吧————————！真紅爆擊砲————————！」

鮮紅色的龐大氣焰飛射而出！氣焰輕而以舉的破壞了包住我的多重結界，朝拉冬射去！撞上牠展開的障壁時，鮮紅色的氣焰迸發出耀眼的閃光，響起巨大的爆炸聲！

氣焰的餘波平息後，出現在眼前的——是渾身冒煙但看起來依舊安然無恙的邪龍拉冬！

……身上有幾個地方皮開肉綻，但身體的主要部位居然都沒事……！

再次見證了邪龍的耐打，讓我驚訝不已。都嚇到說不出話來了。那些傢伙也太硬了吧！

就連重視火力的吉蒙里眷屬，在牠們面前也變得像小朋友一樣！

我的身體第三次被好幾層結界包了起來！……又來了啊！

拉冬發出低沉的笑聲。

『很不錯的攻擊。沒想到我的防禦障壁竟然會被突破……不過，我的身體可是比想像中的還要硬喔。單論肉身的健壯我是不比格倫戴爾，但加上障壁的話應該是我比較硬才對。』

……這就是我們現在的敵人啊。而且還有比這個傢伙更強的對手在前面等著。如果來這裡的是克隆・庫瓦赫的話，我們就已經完蛋了。只能暫時退到後方和大家會合，再一起攻克敵人。而且即使這麼做了，也不知道能夠打到什麼程度……不，我們的目的是防衛戰。撐到轉移型魔法陣完成，就可以算是勝利。不過，即使讓居民逃離這個小鎮了，只要包圍這一帶的大規模結界沒有消失，還是必須和這些傢伙繼續戰鬥下去就是了……

格倫戴爾沒有理會我和拉冬的攻防，朝學校走去！

不能讓牠過去！這個傢伙肯定很樂意將校舍破壞殆盡！我豈能讓那棟建築物遭到破壞！

那裡有著那些孩子們的夢想……！

在我看過去的視野當中，我的朋友即使遍體鱗傷，卻還是站了起來。

「……你休想過去！」

全身上下都流著血的匙鞭策著自己的身體站了起來，朝格倫戴爾發出好幾道龍脈，連接到牠的身上！然後匙猛力拉扯那些龍脈試圖停住那個傢伙——但格倫戴爾只是囂張地笑了一下。

『什麼嘛！力氣也太弱了吧——————！你以為才這點力氣就能拉住我的身體嗎？呼哈哈哈哈哈！沒用，沒用啦——————！你這個臭雜兵！』

格倫戴爾身體一晃，扭轉了一下！匙被扭轉的力道一扯，飛上了天！格倫戴爾此時對準了他，以略帶扣擊的方式揮出拳頭！為了避免直接受擊，匙試圖以火焰為盾覆蓋住自己的身體——但為時已晚，銳利的拳頭打中了他的全身！

沉重的打擊聲響起，匙重重摔在地面上。經過好幾次劇烈的反彈之後，他撞上一座風車小屋！衝撞的力道甚至將小屋破壞殆盡。

小屋就此化為一堆瓦礫。儘管如此——卻唯有龍脈依然連接著。就連一根也沒有斷開。

從瓦礫堆當中緩緩站起的——匙。他滿臉都是血，嘴裡也吐出了血來，右手還朝奇怪的方向彎去。

「……你休想破壞……學校……那裡有……那裡有……」

他不斷反覆地喃喃唸著這些。

大概是對遍體鱗傷的匙失去興趣了吧，格倫戴爾沒把他放在眼裡，往學校走去。

黑暗加斯帕的暗獸們也攻向格倫戴爾，但那個傢伙完全不以為意，將牠們全部揮開！

匙……他拚命撐起不住顫抖的腳，試圖以龍脈拉住格倫戴爾——但完全起不了作用，匙反而輸給格倫戴爾前進的力道，跌在地上。

即使被拖著走，即使渾身都沾滿了土，那個傢伙還是沒放開龍脈——

「……你別想走，你別想走……」

無論格倫戴爾以尾巴打了匙幾次，他還是沒有放開龍脈——

看見他的模樣……我壓抑不了在心中湧上的一股情緒。

匙之前說過的話，一一浮現在我的腦中——

——……吶，兵藤。

——……小朋友們啊，都叫我「老師」呢……帶著笑容叫我「老師」。像我這種人……明明就還不成氣候。

——兵藤，我在這裡和小朋友們相處了這麼多次之後，再次體認到一件事。

——我一定要當上「老師」。

——雖然還得先升上中級惡魔就是了。

——可是，我一定要做到。無論得花上幾年的時間，我也要成功。

混帳東西……！你這個傢伙……！都變成這個樣子了……還想著那間學校……！

我知道，我懂你的心情啊，匙！那些孩子們的笑容，現在正浮現在你的腦中對吧？看見那些笑容，當然只能奮戰了！只能行動了！即使會死也只能抵抗下去了！

可是，再這樣下去，匙真的會死！

即使流著淚，我依然毆打著結界。不斷毆打！拉冬的障壁無論怎麼破壞都會復原！儘管如此我還是不斷毆打！

我的朋友、我最重要的摯友！就在我眼前挺身奮戰！即使已經離死亡不遠了，還是對抗著敵人！為什麼我得被這種陰險的手段封鎖住啊！

拉冬只是笑著說：

『喔喔，厲害厲害。好強大的威力啊。再這樣打下去，應該能夠突破我的障壁才對——不過，大概來不及搶救學校和那個少年吧。』

格倫戴爾放聲大笑。牠舉著腳，正準備往匙身上用力踏下去！

『呼哈哈哈哈！太遺憾啦————！你準備死在這腳下吧！呼哈哈哈哈哈哈哈哈！之後當然就是破壞那間學校————！』

往下踩的腳攻向匙的那個瞬間——

有人抱著倒地不起的匙，逃離格倫戴爾的踐踏。

接著有好幾個人影站到邪龍身前——是小朋友們的爸爸們。

其中還有我見過的人——是李連克斯的爸爸。

「你是……李連克斯的……！」

「這個地區已經沒有居民了！我們來助陣！即使只有幾秒，我們也會盡可能將牠拖延在這裡，各位請趁這個時候重整戰線……！」

小貓和仁村也終於脫離量產型邪龍的襲擊火線，來到匙的身邊。她們兩個人抱著匙，退到了後方。

爸爸們也勇猛地在格倫戴爾身前阻擋牠！

「來、來啊！該死的邪龍！」

「你別想到那間學校去！」

即使因恐懼而渾身顫抖著，爸爸們依然沒有從格倫戴爾面前逃離。

格倫戴爾見狀，愉快地笑了。

『你們這是怎樣？一群雜兵想妨礙我玩樂嗎？真是的，雜兵就該有雜兵的樣子，乖乖四處逃竄就好啦————！』

格倫戴爾鼓起腹部，吐出大規模的火焰球！爸爸們展開了防禦魔法陣卻抵擋不了，被猛烈地炸飛！

「你們快逃！再這樣下去你們會死啊！」

在我這樣大喊的時候，負傷的爸爸們依然向格倫戴爾走去！

決戰前，李連克斯的爸爸和我聊了幾句。

李連克斯的爸爸從懷中拿出一塊繡片給我看——那是胸部龍的周邊商品。

「小犬非常喜歡某樣東西，那就是胸部龍。轉生惡魔一誠．吉蒙里和許多伙伴們同心協力，一起打倒敵人。平常不太正經的主角，在緊要關頭總是賭上性命奮戰到底。小犬非常喜歡你的那個節目，並為之著迷……」

他仰望學校，微笑著說：

「聽說有這麼一間學校的時候，李連克斯神采奕奕地主動這麼說。」

——我想念這間學校！念了這間學校，我想變成像胸部龍一樣，能為他人而戰的惡魔！

「……我很高興。小犬……說出了夢想。總是窩在家裡的他，天生沒有才能的李連克斯，擁有了夢想……這是非常不得了的一件事！那個孩子學了魔法，學會使用魔法了。小犬不是一無是處的孩子！……這對我和內人而言幾近奇蹟，甚至像是在作夢一樣……」

露出滿面笑容，李連克斯的爸爸對我說——

「這所學校對我們一家人而言，是希望，也是夢想。所以不能讓敵人破壞那裡，不能讓

那裡消失！即使得拿自己的命來換，我們也必須盡可能守護小犬的夢想。」

格倫戴爾的火焰球毫不留情地攻向爸爸們，產生出聲勢浩大的爆炸——

李連克斯的爸爸被炸上了天，毫無抵抗能力地重重摔在地上。

爸爸被炸飛到我這邊來——他的鎧甲碎裂，身上到處噴出鮮血。

李連克斯的爸爸向我道歉：

「……不好意思，我的力量只能做到這種程度而已……」

我一邊搖頭一邊大喊：

「振作點！看著那個孩子的未來不是你的義務嗎！你不可以死！愛西亞——！」

我喊著愛西亞的名字！這邊需要恢復！那些爸爸們和匙，都需要她的治療！一心想保護那間學校的偉大戰士們，不可以死在這種地方！

他們得活下去，為了就讀這間學校的小朋友們，他們必須活下去才行！

通訊器當中傳出愛西亞聲嘶力竭的吶喊：

『對不起，一誠先生！其他人也受傷了……再等我一下，請再等我一下下就好！』

……我環顧四周，遠方傳來一聲又一聲的爆炸、衝擊、地鳴。大家都為了保護學校賭命奮戰……大家都受了傷，卻還是起身奮戰……！

……只有我在這種地方被困在結界裡什麼都不能做……這要我拿什麼臉去見大家啊！

我再次著手準備真紅爆擊砲！但拉冬只是毫不畏懼地大笑了一陣。

『原來如此原來如此，你要再轟一次啊。也好也好。那麼，我就再陪你玩一次好了。雖然我想，結果應該一樣就是了！』

居然說這種瞧不起人的話！但是——這段時間內，量產型邪龍聚集到我們周邊，將我們四個人和小朋友的爸爸們完全包圍了起來。

……即使我突破這裡逃了出去……也不知道能不能救到匙和幾位爸爸！

……有沒有人？有沒有人？一個人也好！只要有人來助陣，就會有打破困境的辦法！

「……這裡由我來！」

小貓下定決心，開始積蓄鬥氣。她應該是想變成「白音模式」吧。那是最終手段，用了那招之後，小貓很有可能會累倒。

無計可施的狀況，這裡的戰況變得越來越糟。我因悔恨而咬牙切齒，就在這個時候——包圍著我們的量產型邪龍，有一隻高高飛了起來。不，不對，那不自然的飛行方式，讓我覺得不太對勁。

像那樣不自然地飛起來的邪龍不只一隻，而且還是接連被甩到空中去。沒錯，出現在眼前的光景，就像是巨大的邪龍接二連三被拋像上方一樣，那奇妙的現象慢慢朝著這邊接近。

我的視野當中——出現了一股向上竄升的極大鬥氣。

我總算搞懂了。那些量產型的邪龍——是被揍飛的。

那個人，那個男人只靠拳頭就排除了那些邪惡的巨大龍族，正朝著這邊一路進擊……！

又揍飛了一隻邪龍之後，那個雄壯的男人現身了，身邊還帶著一頭金色的獅子——

塞拉歐格．巴力一路打倒量產型邪龍，來到此處了……！

格倫戴爾看見這幅光景，笑著問：

『喂喂喂，那個一面揍飛雜兵邪龍、一面接近這裡的混帳東西是什麼來頭？』

拉冬說：

『那恐怕是大王家的塞拉歐格．巴力吧。聽說他是個生來缺乏魔力的惡魔，還聽說他面對赤龍帝也能只靠赤手空拳與之一戰。』

在後方的邪龍堆成一座山之後，塞拉歐格來到了我們的身邊。

「——看來，總算是及時趕上啦。」

我因為這句話流下了男兒淚。

「塞拉歐格……！」

「不好意思，我來晚了。在阿格雷亞斯的戰鬥是我方占優勢，所以大家決定把我一個人先送出來幫忙。聖十字架的火焰就靠大量的鬥氣強行突破啦。」

這樣啊，那邊是我方占優勢！光是聽到這個消息，就讓我的鬥志高昂了起來！

不，光是這個人來到這裡，就讓我……！

塞拉歐格對格倫戴爾和拉冬發出霸氣。

「看來你們的目標是那所學校吧。」

任何人，在這裡的所有人，包括我在內，都只專注在保護小鎮和學校。

——但是，這個男人的戰鬥意識並非僅止於此。

這個名叫塞拉歐格．巴力的惡魔，狠狠盯著邪龍格倫戴爾和拉冬——

「你們休想得逞……！就給我——等著滅亡吧，你們這些邪龍！」

我們的反擊就此開始！

Life.4 新生代惡魔

塞拉歐格正與格倫戴爾對峙。

格倫戴爾笑得張狂。不，他是喜形於色地興奮了起來。

『呼哈哈哈哈！我聽說過有個像蠢蛋一樣只會使拳的巴力大王，就是你啊？』

「邪龍格倫戴爾，我知道你的傳聞。聽說你是個連死也當成享樂的惡鬼。」

『呼哈哈哈哈！沒想到惡魔的大王會叫我惡鬼呢！但那種事情根本不重要，重要的是你有沒有辦法跟我對打！』

面對渾身散發出邪惡氣焰的格倫戴爾，塞拉歐格說了一句：

「——那你打一拳過來就會知道了。」

邪龍巨大的拳頭朝塞拉歐格打出！而且是正面出拳！而塞拉歐格故意不閃躲，接了下來！籠罩在鬥氣之中的肉體已經超越了強韌的境界，擁有鋼鐵般的防禦力，完全承受住了格倫戴爾的攻擊！

接著換塞拉歐格出招反擊！

「哼！」

塞拉歐格一個跳躍，以充滿鬥氣的拳頭往格倫戴爾的臉上招呼過去！打擊造成的衝擊聲及餘波，劇烈地震盪了空氣。

格倫戴爾的嘴角滲出藍色的血液，同時滿心歡喜地笑了。

『喔喔♪……真的假的。居然有惡魔憑血肉之軀施展體術……！還回擊我一拳……！』

渾身顫抖的格倫戴爾對拉冬大吼：

『——拉冬！這個傢伙交給我解決。沒錯，一定要交給我。這個傢伙是惡整起來最有價值的臭惡魔了！不交給我的話還有誰可以揍飛這個傢伙啊！』

格倫戴爾完全對塞拉歐格顯露出戰意。拉冬傻眼地搖了搖頭——這時，在兩隻邪龍的耳邊展開了聯絡用的魔法陣。魔法陣上呈現出惡魔文字，似乎在傳達著什麼。

……看樣子應該是歐幾里得對牠們兩隻下達了什麼指示吧。

『我要在這裡繼續打！好不容易才把氣氛炒得這麼熱啊！』

格倫戴爾似乎反駁了在魔法陣另一端的聯絡對象。

接著，拉冬嘆了一口氣。而困住我的結界也隨即消失。

拉冬以不滿的語氣這麼說：

『……我知道了。那就由我過去那邊吧。』

只留下這句話，拉冬便在腳邊展開轉移型的魔法陣——龍門(dragon gate)。看了我一眼之後，牠說了聲『那麼，再會了』，便隨著光芒一起消失。

……牠逃走了？不，該不會是去阿格雷亞斯了吧？聽說那邊是惡魔方面占優勢，能夠製造障壁的那個傢伙可能是被叫過去助陣了。而格倫戴爾大概也有被叫去，只是牠拒絕了……為了和我們戰鬥，格倫戴爾選擇自己留在這邊。

恢復自由的我站到塞拉歐格身邊說：

「只靠塞拉歐格你一個人，要對付這個傢伙恐怕有困難！」

塞拉歐格點了點頭。

「是啊，互攻一輪之後我就了解到這一點了——不過，如果我和你搭檔的話，就不是這麼回事了吧。」

——！

……這句話，讓我打從心底、打從體內深處為之顫抖。漸漸的，一種激昂的感覺充滿了我全身上下的每一個角落。

當這個人說出那種話，我又怎麼可能拒絕！

——啊啊，竟然有這種事。我竟然可以和這個人搭檔，與敵人互毆！

喜悅的浪潮在我體內盤旋，戰意也不斷湧現！

「是啊，這是我的榮幸。我們一起揍飛這隻難纏的邪龍吧！」

「呵呵呵，好一句決定性的台詞。要穿上獅子外衣，這是最好的起頭了。」

塞拉歐格和金色的獅子──雷古魯斯並排在一起。他指著格倫戴爾放聲說了：

「──邪龍格倫戴爾，我判斷你是冥界的怨敵！雷古魯斯──────！」

『是！』

雷古魯斯開始散發金黃色的光輝！這個現象──我看過！塞拉歐格高聲怒吼：

「我的獅子啊！涅墨亞之王啊！人稱獅子王的你啊！回應我的威猛，化為我的外衣吧──────！」

這一帶的空間整個開始震盪。震開周圍的景物，塞拉歐格與獅子放聲怒號！

『禁手化(balance break)！』「禁手化(balance break)──────！」

隨著耀眼的金色光芒，在眼前出現的是……

──身穿金黃色鎧甲的大王。

這就是塞拉歐格和雷古魯斯的禁手(balance breaker)──「獅子王的剛皮(regulus ray leather rex)」！

他散發著莫大的鬥氣，站到我的身旁……當時，他是我的敵人。可是，現在不同了。他是可以和我一起揍飛眼前這個混帳傢伙的可靠伙伴！

面對身穿鮮紅色鎧甲的我，和身穿金黃色鎧甲的獅子王，格倫戴爾只是愉悅地笑著。

『——這樣就對了。沒到這種程度的話，廝殺起來就不好玩啦！』

瞬間，我和塞拉歐格同時攻了過去，格倫戴爾也正面迎擊。我和塞拉歐格朝格倫戴爾出拳，而他交叉雙臂，完全承受了所有衝擊！

強烈的撞擊聲響徹周遭，我們的雙重拳擊打破了格倫戴爾的防禦。防禦被打破的當下，那個傢伙瞬間吃了一驚，然後露出戲謔的笑，喜形於色！

塞拉歐格和格倫戴爾——展開了感覺不出體格差距的互毆戰！獅子王的拳頭打在邪龍的臉上，格倫戴爾的拳頭也命中了塞拉歐格的全身！彼此瞄準了彼此渾身上下的每一個要害，毆打、挖鑿、穿刺、踢擊，然後又繼續毆打下去！

即使血沫四濺，即使肉體發出沉重的聲響，獅子王和邪龍依然沒有打算要停止這種極度原始的互毆戰！

雙方都是力量的體現者。其中沒有任何一丁點技巧、魔法，或是魔力，完全就只有力量與力量之間的較勁。

純粹是力量型與力量型所展開的意氣之爭！

……………我也得加入才行…………！我也是號稱力量型的赤龍帝！待在現場卻沒加入這場互毆，那還像什麼話！

我做了一次深呼吸之後，朝格倫戴爾衝了過去！從旁邊往牠的臉上揍了一拳，我成功加入了這場地獄般的互毆戰！

塞拉歐格的嘴角瞬間浮現一抹微笑，便立刻和我一起對格倫戴爾發動同時攻擊！

我的拳打腳踢一一命中格倫戴爾，同時也承受著牠同等的熾烈攻擊！即使摔到地上，即使飛上半空中，一旦互毆開始了，就不可能停得下來！

我和塞拉歐格以純粹的拳打腳踢不斷攻向堪稱暴力結晶的邪龍！我們是在蠻幹，就只是在蠻幹而已。毆打、再毆打、不斷地毆打格倫戴爾，直到牠倒下為止的蠻幹攻勢。這其中完全沒有任何策略。即使鎧甲碎裂，即使身體出聲悲鳴，我們還是像個傻子似地，不斷對格倫戴爾拳打腳踢！

逐漸的，格倫戴爾的臉上的笑容變成了充滿苦澀的表情！

「「喝！」」

我和塞拉歐格同時打出的尖銳拳頭陷進了格倫戴爾的臉部！

那個傢伙上半身後仰——跪倒在地。格倫戴爾的呼吸相當急促。在互毆戰當中，根本沒辦法好好呼吸。即使是邪龍，一直承受著毫無間斷的攻勢，遲早也是會到達極限。

我們也在這麼短的時間內耗費了不少體力，肩膀隨著喘氣而上下擺動著。

『……呼哈哈哈！厲害，太厲害了！居然打算只靠近身戰鬥就要打垮我！和我交戰的對手多半都會避免和我互毆，準備一些可以壓制我的招數來對付我呢！』

塞拉歐格對著一邊笑一邊吐血的格倫戴爾說：

「抱歉啊，我只有這招——一路走來也只靠這招。」

這句話讓格倫戴爾開心到渾身顫抖。那個傢伙暫時往後一跳，準備重整姿勢！牠做出了好像以臼齒咬碎了什麼東西的動作——接著身上的傷勢便逐漸復原。

——是不死鳥的眼淚啊。哎，牠們會帶著那個也不覺得驚奇了啦！

格倫戴爾脹大牠的腹部！又打算吐火焰球了是吧！我和塞拉歐格分散到左右兩邊，一起朝牠的側腹踢了過去。格倫戴爾在千鈞一髮之際跳起來閃過，然後對著我們吐出好幾顆巨大的火焰球！

我立刻閃躲避免直接遭到擊中，而塞拉歐格——他直接從正面以鬥氣拳打散了火焰球！不愧是用拳頭表達一切的男人！一拳就可以轟散邪龍的火焰！

火焰消失之後——格倫戴爾的身影卻從原本的地方消失了。我搜尋了一下氣息——在上空！牠在正上方！那個傢伙從空中高速襲擊而至！

「喝！」

面對猛攻過來的格倫戴爾，塞拉歐格並沒有退縮，踏穩了馬步，毫不猶豫地準備一拳打過去！不過，再怎麼說，獨自迎擊還是會吃不消！我在塞拉歐格身後落地，伸手觸碰他的背！——我要將這股力量轉讓給他！

『Transfer!!』

我的力量經過增強之後，流向塞拉歐格身上，成功讓他的鬥氣得到爆發性的提昇！塞拉歐格在拳頭上灌注了足以炸開周遭地面的鬥氣，對準攻向這邊的格倫戴爾——打了出去！

以上鉤拳的要領揮出的鬥氣拳，直接打在格倫戴爾的臉上。那個傢伙臉上的每一個孔穴都噴出血來，並重重摔在地面上！

『呼哈哈哈哈！我還能打！』

那個傢伙笑著站了起來時，我已經逼近到牠的身邊，以經過增強的踢腿攻了過去！中了我這一腳的格倫戴爾踏了好幾步才站穩，身體大幅往後仰！

但儘管如此還是沒有倒地的牠，伸手抹去口中流出的血。浮現在牠臉上的，是滿心歡喜的笑容……看來這個傢伙還是一樣，非常非常喜歡戰鬥，喜歡到不行。

『……那個大王家繼任宗主的拳頭還真強啊。每中一拳都覺得不只是身體受創，連我的靈魂也疼痛不已……說靈魂會痛也很奇怪就是了。不過，事實上，我的身體深處就是那麼疼痛，痛到意識都快中斷了，所以這樣形容應該沒錯。』

……塞拉歐格的鬥氣不只打傷格倫戴爾的身體，甚至攻擊到牠的靈魂了嗎？據說，鬥氣來自高漲的生命力，而塞拉歐格的攻擊全都帶有鬥氣。這樣的攻擊，似乎確實對那個耐打的格倫戴爾造成了傷害。

塞拉歐格重新握好拳頭。

「原來如此，比我聽說的還要硬呢。」

塞拉歐格也實際感受到格倫戴爾有多耐打了吧。然而，這個男人還是無所畏懼地笑了。

「但是，還不到打不倒的程度吧。只要聯合我和赤龍帝的拳頭，無論你的皮再怎麼硬，都可以照樣揍飛！」

沒錯，就是這樣！我也這麼覺得。格倫戴爾的硬度一點都沒變，但不知為何，這次我並不覺得那個傢伙的防禦力像以前一樣那麼有威脅性！

這大概是因為，我打從心底相信站在我身邊這位大王家繼任宗主的攻擊力吧。那不同於莉雅絲的毀滅之力，是一種極為強大的破壞力——正因為親身體會過，所以我知道。

——只要有我和塞拉歐格的打擊力，就可以突破這個傢伙！

格倫戴爾臉上那詭異的笑容絲毫未減，喀吱作響地活動了一下頸部之後——再次衝了出來！這次一樣是從正面！這個傢伙依然近乎戇直地從正面朝我們攻了過來！而我們也開始直線衝刺前進！

眼看著雙方就要正面碰撞——這時，那個傢伙跳了起來，試圖跳到我們身後！占到上空位置的格倫戴爾朝著位於正下方的我們吐出大規模的火焰！我和塞拉歐格不顧火焰，朝上空跳了上去！這點熱度算什麼！這種火焰算得了什麼！我可不能表現得太差勁！在這個名叫塞拉歐格・巴力的男人身邊，我可不能表現出害怕的樣子！

——我不能讓這個曾經和我互毆過的男人，見到自己窩囊的模樣！

穿過火焰的我們同時出拳打進格倫戴爾的腹部！我的是以剛體衝擊拳規格的巨大手臂打出的拳頭！塞拉歐格的是灌注鬥氣到了極限的攻擊！

拳頭命中的瞬間，衝擊聲直沖天際，響徹這個地區！

格倫戴爾「咳噗」一聲，吐出了一大口藍血！

這次肯定是致命傷！無論牠再怎麼耐打、再怎麼堅硬，剛才的攻勢確實產生了作用！

——這次肯定能夠撂倒牠！

就在勝利的喜悅在我心中變得越來越濃烈時——

我的身邊竄起一道火柱——紫色的火焰，還呈現出十字架的形狀——

火焰止息之後，看見的是全身都被燒了傷，還冒著煙的塞拉歐格。

「…………！」

塞拉歐格不發一語，原地倒下！

……被攻擊了？為什麼？為什麼那道紫色的火柱會出現在這裡！

突如其來的攻擊令我為之驚愕。小貓和仁村似乎也沒料到會看見這種情況，不知道該如何是好！我以視線掃過四周！

這時，我聽見有人放聲大笑！是從空中傳來的！我抬頭一看——只見一個魔法陣在半空中展開，上面站著一個人影！

「呵呵呵呵，不好意思喔，一個不小心就發出超級強勁的十字架了。」

紫炎的華波加！為什麼那個魔法師會在這裡啊！她不是在學校的北邊——正在和莉雅絲她們交戰嗎？

當我滿心疑問時，原本已經倒地的格倫戴爾站了起來，向人在上空的華波加抱怨道：

『喂喂喂，別從旁搶走我的獵物啊！妳這個臭魔法師！』

「哎呀哎呀，可是可是，我看你好像陷入苦戰了耶？你應該感謝我才對吧。」

……怎麼會這樣！危機居然因為這樣，在這種地方，以這樣的形式降臨！

趴倒在地上的塞拉歐格全身都冒著煙，一動也不動……糟糕，那個火焰十字架是聖遺物(relic)！對於我們惡魔而言豈止是劇毒，甚至是具有一擊必殺的威力！幸虧有鬥氣他才沒有立刻遭到消滅，但即使是特性上對於遠距離攻擊有強大防禦能力的鎧甲，像這樣毫無防備地遭受攻擊，肯定還是會造成嚴重的傷勢！剛才攻擊他的十字架火焰，恐怕比包圍這個小鎮的那些還要強大。如果不趕緊治療的話……這個人會……！

這時，我看見了某種漆黑的物體飛了過來！原本以為是新的邪龍而保持警戒，原來那是黑暗化的加斯帕！

「對不起，一誠學長！這個傢伙開始在戰場上飛來飛去的，擾亂戰局！」

加斯帕這麼說。竟有此事，這個魔女就是用那個魔法陣，在半空中到處跑來跑去嗎！要是她就那樣跑來跑去，對著在各自崗位上戰鬥的伙伴們使用那個十字架的話，防衛戰本身就沒有意義了！不過，這大概就是那個女人的目的吧！

「呵呵——呵，來啊來啊，可愛的吸血鬼小弟，大姊姊在這邊喔♪」

華波加對加斯帕極盡挑釁，離開了現場！她在半空中蹬起了小跳步，就這樣逃跑了！

我對加斯帕說：

「加斯帕！既然我和塞拉歐格都沒空，能夠對付她的就只有你了！拜託你阻止她！」

「我知道！雖然不知道派不派得上用場，不過我還是留個幾隻暗獸在這裡！站住，聖十字架的使用者！」

加斯帕留了幾隻暗獸在這裡之後，便追著華波加離開了現場！

格倫戴爾一邊重新站了起來，一邊咒罵：

『呿！算了，如此一來，這個傢伙煩人的速度多少也會變慢吧！』

那個傢伙不經意地衝了過來！然後朝倒地不起的塞拉歐格——踩了下去！

「混帳——————！」

我因此而暴怒，但那個傢伙依然像是對倒在地上的塞拉歐格恨得牙癢癢似地踩了又踩！

『互毆形式的廝殺是不錯——但我更喜歡凌虐致死啊————啊啊啊啊啊啊啊啊啊啊啊啊啊啊！呼哈哈哈哈！怎麼啦怎麼啦！站起來展現你最自豪的拳頭啊————！』

怒不可抑的我一氣拉近間距，準備踢飛格倫戴爾，但那傢伙立刻做出反應，往後一跳！

我趕到塞拉歐格身邊，但看著他的慘狀，讓我說不出話來……臉上是嚴重的燒傷，剛才的踐踏攻擊壓碎了他的雙腳，左手也朝奇怪的方向彎去，全身都在噴血。

……傷勢足以致命。已經無法再戰鬥了……可惡，竟然因為那種、那種卑鄙的攻擊……讓他變成這樣……！

我抱起塞拉歐格，流下悔恨的淚水。

「……別哭。」

聽見這個聲音，我看向塞拉歐格的臉孔，只見他睜開了雙眼。

——！

塞拉歐格將我推開，開始試著要站起來。

鎧甲被打碎，全身上下也被踩碎，就連自尊心也逐漸破碎。但在這樣的狀況下，這個男人依然一點一點慢慢撐起顫抖的身體，試圖要站起來——

全身上下都噴著鮮血，也從嘴裡吐出了深紅色的東西，大王家的繼任宗主就這樣緩緩挪動著身體。

因為，他的前方，有必須打倒的邪龍——

他的眼中，閃著毫無陰霾，炯炯有神的光芒——

我忽然想起了塞拉歐格說過的話。

——這個又大又粗糙的難看拳頭，是我為了達到今時今日的成就，不斷鞭策而成，唯一的目的只有毆打敵人。

「我不能倒下……！」

——但是，在教孩子們體術的過程當中，我終於稍微了解到一件事。

格倫戴爾看見這樣的他，笑著說：

『那棟建築物就那麼重要嗎？只為了保護那麼一間叫做學校的東西，大王家的繼任宗主竟然不惜拚上性命……你也太蠢了吧！』

全身上下都噴著血的塞拉歐格，一步、又一步地，向前邁進。

燃著戰意的聲音脫口而出：

「——那間學校就是有值得我賭上性命的價值……！」

——啊，生來不具備毀滅之力的我，或許就是為了教他們體術而誕生的吧。

「……我……犧牲了許多東西才走到今天這一步……但是，已經夠了……無法學習的人，只要有我一個就夠了。」

終於再次站到格倫戴爾前面的那個男子漢，舉起了拳頭。

「孤單一人練拳的日子已經結束了——教導者與學習者都會聚集到那裡去。」

他的拳頭上——白色的發光現象再次甦醒。

「……縱然這是不帶毀滅之力的拳頭，還是能夠賜給你毀滅……！吾乃塞拉歐格．巴力……！乃巴力大王家的繼任宗主是也！」

塞拉歐格以那雙理應已經不太能夠動彈的腳衝了出去！

格倫戴爾的體力應該也是所剩無幾了才對，卻還是正面迎擊！塞拉歐格用盡渾身的鬥氣，灌注在右臂上，朝格倫戴爾打了過去！格倫戴爾也沒有餘力閃躲，就這樣吃了塞拉歐格一拳——然後立刻以反擊拳的要領打得他倒在地上！

塞拉歐格再次趴倒在地，而格倫戴爾也是搖搖晃晃的，就快要站不住了。

知道自己受的傷超乎預期之後，那隻邪龍搖了搖頭，露出帶著狂喜的笑容說：

『……嘖！這下沒戲唱啦！呼哈哈哈哈！』

正當那個傢伙還在笑時，牠的耳邊展開了一個連絡用的魔法陣。聽了從中傳達出來的訊息，格倫戴爾的表情大變，一臉憤怒地說：

『要我在這種時候撤退？開什麼玩笑——……混帳東西，就叫你別拿聖杯來壓我……』

說到這裡，牠嘖了一聲……是歐幾里得之類的傢伙硬是說服牠了嗎？

那個傢伙附近展開了一個魔法陣——是龍門(dragon gate)！牠想逃走！

格倫戴爾一面走向龍門(dragon gate)一面大笑。

『我就先撤退啦！等我弄到新的身體，還會再來和你們幹架。呼哈哈哈哈！只要有聖杯，就能夠無限享受這種開心到極點的幹架啦————！』

我立刻衝了出去，想要阻止格倫戴爾逃跑！

「站住，格倫戴爾！」

然而，龍門(dragon gate)的光芒變得更加強烈，也做好了跳躍的準備。

該死……！該死的傢伙……！又要讓那個傢伙逃掉了嗎？那個傢伙又會來攻擊我們嗎？我們還得讓格倫戴爾這個傢伙逃跑幾次啊！

但是，格倫戴爾走向龍門(dragon gate)的腳步停了下來——

因為有人抓住牠的尾巴。

「——我可不會……讓你逃跑……！」

是原本以為已經站不起來的塞拉歐格，用力抓住了格倫戴爾的尾巴——

這個事實讓格倫戴爾為之驚愕。

『——！你、你這個傢伙————！』

格倫戴爾舉起巨大的腳，對準跪倒在地的塞拉歐格踩了又踩！牠的表情當中除了憤怒之外——也開始顯現出畏懼之色。

『難纏的傢伙！你這個臭惡魔————！』

邪龍格倫戴爾的聲音當中帶有明顯的焦急。

怎麼看都是那個傢伙壓倒性地占上風，比較有利。塞拉歐格的身體已經超越了極限，連站都站不起來。

儘管如此，我卻完全不認為他會放開那個傢伙的尾巴。他一點都沒有要鬆手的意思。雙眸至今依舊燃著戰意的塞拉歐格，露出了無畏的笑容。

「……呵、呵呵……兵藤一誠，看來我的不死心……得到以難纏聞名的邪龍，親自的認證了呢。」

塞拉歐格抓著尾巴，緩緩站了起來——

他的腳應該動不了了。儘管如此，儘管如此獅子王還是帶著氣勢，緩緩挪動身體——

「唔、唔喔喔喔喔喔喔喔喔喔喔喔喔喔！」

克服了痛楚，發出靈魂的吶喊，塞拉歐格他——終於在格倫戴爾身前擺出架勢。

看見此情此景，那個剛毅的格倫戴爾——第一次害怕地顫抖。因為，那個應該已經無法動彈的男人，應該已經離死亡不遠的男人，卻沒有減損絲毫戰意；不，反而還變得更加濃烈，並挺身站在牠的眼前。

『…………！該死啊──────！……你、你還站得起來啊……！為什麼要站起來啊！』

塞拉歐格以充滿戰意的眼神說：

「──為了毀滅你啊。」

『──！』

瀕死的男人如此放話。照理來說，要被當成隨口胡謅也不足為奇的這句話，卻比任何話語都還要真實，讓邪龍害怕得不住發抖。

塞拉歐格說：

「兵藤一誠，只有我一個恐怕無法徹底收拾牠，和我一起解決吧。」

我開心地回答：

「好！塞拉歐格！我們一起解決牠吧！」

我衝到前方開始準備真紅爆擊砲！塞拉歐格依然緊緊抓著那個傢伙的尾巴。

「嗚喔喔喔喔喔喔喔喔喔喔喔喔喔喔喔喔喔喔喔喔喔喔喔喔喔！」

塞拉歐格憑著瞬間的氣勢，抓著牠的尾巴，直接將牠巨大的身軀──拋向空中！而我瞄準了牠，發出了極大的氣焰！

我的真紅爆擊砲完全命中了那個傢伙！看來，格倫戴爾已經沒有餘力在空中閃躲了。爆炸聲大作之後，牠掉了下來。

接著，有個男人靜靜地在我眼前擺出那個架勢。在體育館裡教小朋友們打正拳的塞拉歐格的模樣，閃現在我的腦中。

——聽好了。出拳時要蹲低馬步，以整個身體將拳頭直線向前推出。

「……是，塞拉歐格……！」

我一面大哭一面回應他的教誨，此時，獅子王的攻擊在我眼前尖銳地、確切地刺進了暴力的結晶，邪龍格倫戴爾的腹部——

格倫戴爾幾乎可以說是將體內所剩的血液全都吐了出來，重重摔在地上。

已經無力再動的格倫戴爾以快要斷氣的聲音說：

『……該死的傢伙……真、真的假的……我、我居然輸了……？上次是那個使用毀滅之力的公主……我……再次敗給了毀滅的血脈……這不是真的吧……可惡……為什麼我……會變成這樣……』

確認那隻耐打的邪龍一動也不動之後，小貓衝上前去。

「……我來試試看和姊姊一起修練的某個術法！」

說著，小貓聚集周圍的氣，與自己的鬥氣同步化之後，全身產生了發光現象！是那招「白音模式」！

變成魅力十足的大姊姊姿態之後，小貓製造出火車，包圍格倫戴爾，描繪出某種陣形。

小貓以單手結印，火車便開始繞圈，以格倫戴爾為中心產生出一個純白的魔法陣！

「……我要封印邪龍的靈魂！一誠學長，請將你鎧甲上的寶玉給我，一個就好！」

小貓如此要求，我立刻從鎧甲上硬是拔出一顆寶玉，拋給小貓。她在接到之後，便將寶玉丟向魔法陣中央的格倫戴爾，繼續以手結印！

「邪龍格倫戴爾的靈魂啊！沉睡在常闇與閃耀的夾縫之中吧！」

她唸出咒文的那一剎那——魔法陣的光亮大增，朝周遭發出閃光。

光芒平息時，出現在原地的——是一堆形似格倫戴爾的鬆散土塊，以及發出深綠色光芒的寶玉。

小貓鬆了口氣並說：

「……我和姊姊談過了，讓牠們像這樣靠著聖杯一再讓肉體重生，我們可吃不消。既然如此，只要封印牠們的靈魂就好了。仙術的應用型當中，有一招是封印對方的生命力，我一直在練習那個術法。但是，只靠我的力量還是無法成功。於是，姊姊給了我一項建議，她說

有赤龍帝的寶玉的話或許可行……雖然這是第一次嘗試，不過看來算是成功了。」

原來是這樣封印起來的啊。小貓真厲害！的確，只要能夠設法處理牠們的靈魂，即使是聖杯也無法讓牠們重生。那些傢伙之所以那麼難纏，也是因為只要有意識的片斷就能夠令靈魂重生。話說回來，原來抽出靈魂之後，邪龍的肉體會變成塵土啊……

……不，光是這樣真的有辦法封印住這些傢伙嗎？正當我心生不安時，小貓為我補充：

「回去之後，再交給天界在這顆寶玉上施加多重結界好了。這次要以堅固的結界好好封印住，避免牠們的意識外漏。」

原來如此，如此一來遭到封印的格倫戴爾應該也出不來了吧。這樣啊，這就是對付邪龍的方法啊。用這招的話，就不怕打倒牠們之後，還靠聖杯復活了。

太厲害了。只要有小貓和黑歌在，就不需要擔心打倒邪龍之後怎麼處置牠們了。

封印完格倫戴爾之後，小貓變回原本的模樣——但或許是疲勞作祟吧，她當場倒了下來，幸虧有仁村扶住……不過匙和小朋友們的爸爸們都受了傷，我們也不能一直待在這裡。

我抱起倒地不起的塞拉歐格。

「塞拉歐格！」

「……我沒事啦……」

明明連身體都不能動了，塞拉歐格卻還是露出了笑容。

……贏過格倫戴爾了，完全勝利了。我們終於打贏那隻難纏的邪龍了！正因為有他那超越邪龍的執著，才沒有讓格倫戴爾逃掉，順利解決了牠。

塞拉歐格以腫脹的臉微笑著說：

「……冥界的孩子們，是我們惡魔的財產。我們大家得好好保護他們。」

「…………是！」

大罪暴龍（crime force dragon）——格倫戴爾。我們總算成功擊破牠了，這也成了「D×D」第一個戰果——

後來，愛西亞和羅絲薇瑟總算是趕到這裡來，並開始治療傷患。大家都沒有生命危險，但就是體力的消耗過於劇烈。在其他地方戰鬥的成員們似乎也都和這裡一樣，陷入了苦戰。

接著，蒼那會長立刻下達了指示。

——所有人後退，到學校周圍集合。

這就表示，格恩達爾女士和其他魔法師共同開發的新型轉移魔法陣即將完成。

我們一路驅散攻過來的邪龍，總算抵達了距離學校不遠之處。在我的視野當中，出現了伙伴們奮鬥的模樣。

「你來晚囉，一誠同學。」

「居然在最高潮的時候趕到，你以為自己是故事的主角啊！」

木場和潔諾薇亞儘管氣喘吁吁，依然一刀將邪龍砍成兩半。木場的臉色……非常糟糕，看來他用了格拉墨。真羅副會長以充滿悲傷的眼神看了我一眼，所以我立刻就想通了。

接連過來會合的成員，大概都是因為經過一番激戰的關係吧，衣服都變得破破爛爛的，表情也都疲憊不堪。就只剩加斯帕不在。他八成還在小鎮的上空飛來飛去，追著華波加吧。

莉雅絲趕到剛療傷完的塞拉歐格身邊。

「塞拉歐格！你來啦！」

「是啊，因為阿格雷亞斯那邊是我方占優勢。」

我豎起拇指，對莉雅絲和伙伴們說：

「……我們徹底打倒格倫戴爾了！」

這個好消息讓大家歡欣鼓舞。小貓拿出寶玉，向大家大致上說明了一番。聽完之後，伊莉娜說：

「我知道了。平安離開這裡之後，我會向米迦勒大人報告。」

然後，我們在學校前面展開了防衛戰。學校附近整個籠罩在蒼那會長（經過我以轉讓進行強化）的水之結界底下，即使邪龍的火焰飛過來，也足以抵銷。附近各處還設置了捕捉用的陷阱，只要牠們一靠近就會發動。

當然，我們也直接和量產型邪龍交戰。消耗大量體力的伙伴和小朋友們的爸爸從後方支援，讓還有體力的人對付邪龍。

木場、潔諾薇亞、伊莉娜、「騎士(knight)」巡、班妮雅等劍士組一面彼此照應，一面斬殺敵人；敵人的火線則由「城堡(rook)」組羅絲薇瑟、路卡爾、由良三位抵禦，並加以反擊，團隊合作絕妙無比。真羅副會長的反擊系神器(sacred gear)也進化到能夠同時變出好幾個，藉此反彈攻擊。

「……消失吧！」

進入白音模式的小貓所使用的火車，效果更是極為強大。邪龍們毫無招架之力，一一化作塵土。她的淨化幾乎能夠一擊斃命——但，她的呼吸已經相當急促，所以那個狀態恐怕已經維持不了多久了吧。負責支援小貓的是「士兵(pawn)」仁村。

「哼！」

「接招吧！」

像塞拉歐格和莉雅絲這樣足以單獨對付複數對手的人就負責一口氣葬送大群敵人，而朱乃學姊則是以防禦魔法和雷光擔任兩名「國王(king)」的強力助手。

「喝啊！接下來要轉讓給——」

我在戰場上空四處飛行，一面揍飛邪龍，一面提升轉讓之力到一定程度再送出去，以這

樣的形式戰鬥。指示轉讓目標的工作，主要是出蒼那會長負責。

「一誠！接下來轉讓給任何一位劍士！」

會長維持著水之結界，同時確實地領導著我們。配置在附近保護會長的，是受傷最為嚴重的匙，和花戒、草下兩位「主教（bishop）」。

「我來恢復……！」

然後，拚命地行動，成為我們最大的助力的，是負責恢復的愛西亞。臉上的疲勞之色比任何人都還要強烈，儘管如此，她還是不斷將恢復之光射向受傷的伙伴。

正當我們拚命進行攻防戰時，學校方面開始散發出耀眼的閃光。

……是轉移之光！轉移魔法陣逐漸擴大，進而包住整個學校。只要利用這個魔法陣，就可以帶著此地的居民離開鎮上！在那之後，也只能持續戰鬥到包圍這一帶的結界消失為止了！儘管可能會演變為消耗戰，但這個結界也不可能無限維持下去吧。根據會長和格恩達爾女士的說法，即使封印這裡的是凶惡的邪龍，還是有個限度……我們只要撐到牠們的術法失效就可以了。

我原本還這麼想，但轉移卻一直沒有開始，讓大家歪著頭感到訝異。

「……狀況不太對勁，下面可能發生什麼事情了。」

蒼那會長展開小型魔法陣，試圖聯絡地下避難所的魔法師，而就在這個時候。

魔法陣開始發出詭異的光芒，一道光線朝奇怪的方向射去！

我們因為這不同於轉移的現象而大吃一驚，看向光線射去的方向！

——我們看見的，是遠在上空的空中都市阿格雷亞斯。

就在擴張開來的大型轉移魔法陣的光芒持續射向阿格雷亞斯時，我們聽見響亮的笑聲。

我們抬頭一看——是那個紫炎的華波加！加斯帕也跟在她後面抵達這裡，看來是一路追著四處逃竄的她，沒能成功收拾掉。

華波加把手放在嘴邊笑個不停。

「呵呵呵呵，太可惜了。攻擊阿格雷亞斯和這裡只是做做樣子而已啊。」

蒼那會長說：

「——我懂了。你們真正想要的是阿格雷亞斯本身，對吧？那是從舊魔王就一直存在的浮空島，而當權政府——阿傑卡．別西卜陛下的研究員們至今仍然在解析那座島的原理。舊魔王——也就是前任路西法之子，李澤維姆．李華恩．路西法，他想要的是那整座島。」

「呵呵呵呵，不愧是西迪加的繼任宗主小姐。沒錯，就是如妳所說，李澤維姆伯伯似乎是對那座飄浮在空中的島嶼本身很有興趣，所以這次才會透這種方式想要將整座島帶走——也就是利用聚集在這個小鎮的知名魔法師們的轉移魔法。那些魔法師當中有我們的同夥喔！他剛才就在準備發動的最後一刻，調整了大家一起創造出來的魔法陣，讓魔法陣對著阿格雷亞斯作用！看來作戰是成功了。」

……竟有此事！那些魔法師當中有叛徒？

我大吃一驚，在我身邊的莉雅絲也一臉苦澀地說：

「……也就是說，這些打從一開始就是你們計畫好的……在這個時間點將這一帶全部包圍起來、在這個小鎮舉辦聚會，全部都是為了搶奪阿格雷亞斯，將其轉移到外部去……！」

……用一般的方法搶不走阿格雷亞斯。所以，他們用結界包圍了這一帶。可是，光是這樣還是動不了阿格雷亞斯。於是，他們利用了研究666（three six）的知名魔法師們的聚會，讓他們的同伴埋伏在參加聚會的魔法師當中。然後封印住那些魔法師的部分魔法，再包圍起這裡。此時，內部就會有人提出一個方法。

——大家一起創造出大到足以轉移小鎮居民的新型魔法陣吧。

結果，他們創造出來，也展開了這麼一個魔法陣……就在發動前的最後一刻，埋伏在其中的敵方魔法師便更改了部分形式。更改的部分——就是朝阿格雷亞斯發射轉移之光！

轉移之光逐漸籠罩住遠方的阿格雷亞斯。

蒼那會長對學生會成員使了個眼色。學生會的花戒和草下立刻做出反應，朝地下避難所跑了過去。大概是要去看地下現在的狀況如何吧。

……不過，我總算也搞懂了。他們等了三個小時，也是因為知道完成轉移魔法陣需要這麼久的時間。

這一切都是為了搶走阿格雷亞斯而安排好的計畫！他們是想涉入冥界到什麼程度啊！

想通了一切之後，莉雅絲不甘心地握起拳頭。

「……現在仍然有很多支持前魔王的惡魔，而且路西法的名聲又是特別響亮。如果前路西法的兒子現身了，會出現不惜一切也要幫助他的人也不足為奇。」

蒼那會長問：

「你們打算拿那座島來做什麼？不，阿格雷亞斯到底是有什麼？」

華波加看向阿格雷亞斯。

阿格雷亞斯……遭到轉移之光完全籠罩住之後，終於消失了！……整個空中都市就這樣被轉移走了！他們改變了術式，只讓阿格雷亞斯離開這個結界嗎！

「這個嘛——」

就在華波加興高采烈地準備開口的時候——她的耳邊展開了一個連絡用的魔法陣。華波加一面聽著連絡，一面頻頻點頭——隨即收起了笑容，抬頭向上看去！

「……不會吧！」

華波加大吃一驚！我們也跟著仰望上空——看見的竟然是白色的天空出現了裂痕！這就表示籠罩住這一帶的大規模結界出狀況了！

裂痕逐漸擴散、張大，結界慢慢開始碎裂！

最後，天空變回了冥界特有的紫色！

——結界遭到破壞了！

是誰？是誰幹的？不是待在內部的我們！大概是有人從外側加以攻擊，破壞了結界！到底是誰從外面攻擊結界——

一道閃光，有如流星一般落在我們眼前。那道閃光刺進了校園。

看見刺進校園裡的那個東西，我的心中充滿了驚嚇！

——是黃昏聖槍（true longinus）！

……真的假的！為什麼那把長槍會落進來？那傢伙、那把長槍的持有者應該已經……！

大家看見眼前的景象，也是驚訝到說不出話來！

然而，無論過了多久，聖槍的持有者依然沒有現身。接著，聖槍忽然進行轉移，從這個現場消失了！

華波加嘆了口氣說：

「沒想到會在這種時候發生這樣的事情。但是，已經太遲了。」

華波加一個彈指——剩下的量產型邪龍便聚集在一起，包圍住學校。在我們的攻擊之下應該已經少了很多了才對，卻還有大約一百多隻的樣子……

……即使作戰成功了，他們還是要繼續進行攻擊嗎！

華波加露出醜惡的笑，如此放話：

「我最喜歡殲滅戰了。雖然各位看起來好像都很累的樣子，不過還是請你們再稍微陪我玩一下囉——♪」

她語帶戲謔地說完，便舉起傘向下一揮。這個動作成了進攻的信號，量產型邪龍一口氣朝我們飛了下來！

已經耗掉很多體力的塞拉歐格也鞭策自己重傷初癒的身體站了起來。

「開打了，莉雅絲、蒼那·西迪！沒辦法在此擋住他們的話，可是會遺臭萬年啊！」

「「好！」」

莉雅絲和會長異口同聲地做出回應！

為了迎戰量產型邪龍，我也飛上了天——然而，此時卻看見一個令人厭惡的動作！華波加將手——對準了學校！

剎那間——校園裡竄起一道火焰十字架！有部分設施被炸飛了！

「學校！不可以————！」

蒼那會長發出厲聲的尖叫。會長往校園裡衝了進去！太亂來了！她打算一個人抵擋聖遺物（relic）的火焰嗎？這麼做肯定會遭到消滅！會長已經失去平時的冷靜了。

學校……她畢生的夙願在眼前燃燒了起來。這肯定讓她心如刀割吧。無論何時，總是平靜且敏銳，能夠準確下達指示的會長，現在完全按耐不住情緒，朝著校園跑了過去。

放著會長一個人跑進去太危險了！

「我去！」

說著，羅絲薇瑟便展開魔法陣，飛上了天。她立刻就追上了會長，進到校園裡。接著她開始編排術式，準備展開防禦用的魔法陣和結界！

這時，華波加的火焰攻了過去！

紫色的火焰攻向羅絲薇瑟！兩人展開的防禦魔法陣好不容易擋住了火焰……但火焰的威力驚人，魔法陣逐漸開始崩散！再這樣下去，會直接燒到她們！

「攻擊那個魔女！」

莉雅絲大聲指示！我們眷屬將目標從邪龍改為華波加，一擁而上，但那個魔女將紫色的火焰圍繞在自己身邊！

「呵呵呵呵！這道火焰，惡魔光是碰到就足以喪命囉！」

既然不能隨便觸碰，就靠砲擊打垮她！我和潔諾薇亞以及其他具備遠距離攻擊招式的人開始著手準備，積蓄氣焰！然而，為了阻擾我們，量產型邪龍攻了過來！可惡！這樣一來，牠們就成了擋箭牌，砲擊根本轟不到華波加！

在我們陷入苦戰之際，華波加絲毫不手軟，繼續以火焰十字架攻擊校園！兩次、三次，在她的連續攻擊之下，會長和羅絲薇瑟的魔法陣已經瀕臨崩散！再中一招肯定會有危險，這時華波加又發出火焰十字架！當我們排除邪龍，抵達華波加身邊時，已經是她出招之後了！

紫炎十字架朝著會長和羅絲薇瑟攻去──

然而，十字架在兩人眼前被擋下來了。因為有人站到她們身前，正面接下火焰十字架。

──站在那裡的，是身上繚繞著黑色火焰的匙。

以身體為盾護住會長的匙，全身被聖遺物（relic）的火焰焚燒！黑色的火焰無法完全抵消攻擊，紫色的火焰在匙身上肆虐著！

「啊啊啊啊啊啊啊啊啊啊啊啊啊啊啊啊啊啊啊啊啊啊！」

痛苦不堪的匙放聲大叫！

「快逃！匙，再這樣下去你會死！」

會長如此吶喊，但匙卻不肯退開，專心一意地試圖抑制火焰十字架！

匙……全身焦黑的他，開始吐露心聲：

「……我好想變成兵藤。」

儘管黑色的火焰逐漸淡去，匙依然繼續說：

「……兵藤是和我同期的『士兵（pawn）』……滿腦子情色思想又下流，還是個無可救藥的色狼

……但他總是努力不懈，是個能為了伙伴、為了他人而勇往直前的男子漢……」

紫炎……逐漸吞噬了匙。

「我好想變成像兵藤那樣，強大又受人依賴的男子漢。可是，每當我接近一步，兵藤又會前進五步、十步。無論我怎麼鍛鍊，那個傢伙還是在我前面遙遙領先。當我了解到『啊啊，我絕對無法超越這個傢伙吧』這一點的瞬間……我真的……打從心底感到很不甘心。」

匙心有不甘地這麼說完，卻又露出了開朗無比的笑容。

「可是，我錯了。兵藤有兵藤自己想做的事情，為此努力到渾然忘我的地步，正因為如此，他才能夠隨時提昇自己。我沒辦法超越那個傢伙是非常理所當然的一件事，因為我並不是兵藤。最好笑的是，我還是直到最近才察覺到這一點……」

匙的眼神當中再度燃起戰意。黑色的火焰……一點又一點，越燒越旺盛！

「——我無法變成兵藤。可是，我也有我可以做的事情。我找到我想做的事情了啊！」

匙喊出了他的真心話——

「我……！要成為『老師』！那些孩子們！未來將在那裡就學的孩子們都是我的學生！我要告訴他們，世界上絕對存在唯有他們才能辦到的事情！」

在匙的身後——會長泣不成聲。她應該是知道了吧，知道自己的眷屬抱持著何等覺悟，知道自己的夢想，已經成為匙的夢想了。

看見此情此景，華波加愉快地笑了。

「呵呵呵呵呵呵呵！沒用的！因為你和那間學校都將因為我而又燃又萌，最後燃燒殆盡了。來，開始燃燒吧♪」

華波加伸出手，準備提升十字架的威力。就在這個時候。

匙的身邊——出現了一條黑色的大蛇！——是弗栗多！

『我來遲了，我的分身啊。』

「弗栗多！你從神器(sacred gear)深處回來了嗎！」

聽匙這麼說，弗栗多眼睛一閃，露出張狂的笑容。

『是啊，我回來了。話說回來，分身啊，才多久沒見，你看起來倒是成長了不少呢。』

「……是啊，現在應該辦得到才對，因為我看開了啊。」

匙如此低語。他的身上——開始冒出了異樣的氣焰！那種現象……我曾經看過！沒錯，當木場變成聖魔劍的時候、英雄派強化神器(sacred gear)的時候、我穿上赤龍帝的鎧甲(boosted gear scale mail)的時候，都發生過同樣的現象！

弗栗多大吼！

『聖遺物(relic)的使用者啊！妳太小看我的漆黑火焰了！』

「沒錯，咱們上，弗栗多！雖然多繞了很多路，不過現在我一定可以到達！只要和你在一起──！」

『我的分身啊，我等你覺醒已經等好久了！來吧，讓敵人好好見識一下！號稱「黑邪龍王（prison dragon）」的邪炎之力！』

黑色的氣焰包住匙和弗栗多，漆黑的火焰開始在他們身上繚繞！

「『禁手化（balance break）！』」

黑色的氣焰迸開之後，出現在那裡的，是身穿暗黑鎧甲的我的摯友！他全身上下長出好幾根觸手狀的黑色物體，漆黑的火焰不住翻騰。

達到禁手（balance breaker）的匙大喊：

『──「罪科的獄炎龍王（malebolge vritra promotion）」。我──不，我們等同於地獄業火的黑炎和妳神聖的紫炎，到底何者為強，讓我們好好分個勝負吧！』

匙的聲音當中還夾雜著弗栗多的聲音。這樣啊，他們兩個同化了！因為他們的意念合而為一，才能夠到達這種境界！原來還有這種禁手化（balance break）！

莉雅絲說：

「罪惡之囊（malebolge）！那是地獄最下層的上面一層。傳說中，帶著惡意而犯下罪行者，最後都會前往那裡！」

匙輕易地將紫炎的十字架驅散，朝華波加飛了過去！

同時邪龍們也攻向他——但匙的鎧甲上長出來的無數觸手抓住了周圍的邪龍！邪龍接觸到觸手的瞬間，氣焰立刻全都被吸光，瞬間化為塵土。

匙的身邊冒出濃烈到目視可見的詛咒，在空中擴展開來！

真羅副會長害怕地說：

「……禁手(balance breaker)竟然散發出如此強烈的詛咒……！要是隨便靠近就會遭到咒殺！」

事實上，量產型邪龍們都受到詛咒纏身，接連摔到地上！

『妳的紫炎和我的黑炎！來分個高下吧！』

「有意思，太有意思了！」

華波加興高采烈地接受了匙的挑戰，和他在空中展開火焰對決！

我想去助陣——原本是這麼想的，但量產型邪龍還沒完全解決掉！好吧！那我們陪著對方，來場徹底的殲滅戰吧！

正當我提起氣勢時，愛西亞忽然大喊！

「——！我感應到法夫納先生的氣焰了！我想，牠應該是和德萊格先生牠們，一起從神器(sacred gear)深處回到這邊來了！」

這樣啊，我想也是！既然弗栗多已經回來了，其他那幾隻龍應該也回來了才對。

我的寶玉也閃爍起光芒。我感覺到德萊格的意識了！

『沒錯，我回來了，搭檔。』

喔喔！等你好久了，搭檔！所以，事情怎麼樣了？

『包在我身上。總算是搞定了。總而言之，我們先突破這個狀況再好好談談吧。』

我知道了！那麼，咱們也趕快收拾掉敵人吧！

愛西亞也為了召喚法夫納而展開龍門（dragon gate）！

「——回應我的呼喚聲吧，黃金之王啊。匍匐於地，接受我的讚美吧。出來吧！黃金龍君（Gigantis Dragon）！法夫納先生！」

召喚咒文詠唱結束之後，光芒變得更加耀眼，並一口氣迸開！

隨著金黃色的氣焰一起現身的——是頭戴廚師帽的法夫納！等等……廚師帽？牠戴那種東西幹嘛啊！

這時，四周響起了和這個戰場格格不入的輕快背景音樂。這個曲調，讓人聯想到中午時段的料理節目。

法夫納開了牠的尊口：

『大家好，歡迎收看法夫納三分鐘上菜。』

法夫納說出這種只會讓人覺得牠瘋了的台詞，然後在身旁變出調理台！為什麼要在這種時候變個廚房出來啊！我忍不住吐嘈個沒完！但在這個只能靜靜看下去的狀況下，那個傢伙

突然這麼說：

『今天要介紹的料理是——「酥炸小愛西亞的小褲褲辛辣惡魔風味」。』

……不顧無言以對的我們，法夫納拿出寫了材料的紙板。

『材料如下。』

○酥炸小愛西亞的小褲褲辛辣惡魔風味

材料

・小愛西亞的小褲褲　適量

・洋蔥一顆　切末

・蒜頭一顆　切末

・橄欖油

・紅辣椒一條　切末

・胡椒鹽　少許

・酥炸粉

…………？？？？？完全無法理解。是怎樣，牠到底想幹嘛？可能會發生某種很變態的事情我是大概猜得到啦！但是這也太誇張了吧！

「？」

「？？」

「？？？？」

『？？？？？？？？？？』

我們頭上滿是問號。仔細一看，就連量產型邪龍也停下了攻擊，歪著頭看著這一切！不會吧！這樣就可以止住牠們的攻擊喔？

法夫納站到廚房裡，眼中亮光一閃，就將準備好的材料全部切碎了。

『首先，將小褲褲以外的材料全部切成末。』

接著牠對愛西亞說：

『小愛西亞，請給我小褲褲。』

「好、好的。」

愛西亞在這種狀況下也只能配合，將內褲交給了法夫納。那個傢伙一邊接過去一邊說：

『就像這樣，食材是產地直送，非常新鮮又安全。將小褲褲像平常一樣嗅過一輪之後，在上頭撒上酥炸粉。』

……牠就在我們眼前聞了聞小褲褲，然後撒了粉上去耶……

然後，牠將那條內褲丟進了油鍋裡！

『以高溫迅速地炸得香酥。』

戰場上響起了嗶嗶啵啵的油炸聲響。這段期間內，除了匙和華波加以外的人都停下了手邊的動作，只是看著這一切。量產型邪龍也是——嗯？是怎樣，好像有幾隻邪龍看得超乎預期地認真，開始頻頻點頭了！怎麼回事，這道料理具有魅惑邪龍的效果嗎？

法夫納見丟進油鍋裡的內褲炸得差不多時，便撈了起來。將炸好的內褲和剛才切成末的材料一起擺進盤子裡之後，那個傢伙自豪地說：

『完成了。這就是本大爺特製的「酥炸小愛西亞的小褲褲辛辣惡魔風味」。』

啪啪啪啪。

——在一旁觀看的幾隻邪龍開始鼓掌！

法夫納將酥炸小愛西亞的小褲褲辛辣惡魔風味擺到眼前！

『那麼，我要開動了。我吞！』

放進嘴裡，咀嚼一番之後，牠說了一句感想：

『——希望一直都是最原汁原味的妳。』

嗚哇！

在一旁觀看的那幾隻邪龍——痛哭流涕了！這是怎樣……到底是什麼東西變成怎樣了，

才會發生這種事情！

愛西亞身子一軟！潔諾薇亞抱住了她！

「愛西亞，振作點！妳要堅強啊！」

「…………我想變成螃蟹。」

「不對，愛西亞！要說的話我記得應該也是『我想變成貝類』才對！」

兩人的對話讓伊莉娜佩服了起來。

「潔諾薇亞！妳懂好多喔！真佩服妳！不愧是期末考平均成績九十幾分的的模範生！」

…………

雖、雖然搞不太懂，不過邪龍的攻擊暫時停止了是千真萬確。法夫納的那個奇妙空間，甚至能夠阻止量產型邪龍嗎！

……算了，還是不要想這麼複雜的事情好了。對了，德萊格，我是想確認一下，你們成功說服歷代白龍皇了嗎？

『……是、是啊，算、算是吧……』

……你也回答得太曖昧了吧。

『……原、原則上我這邊是有影像紀錄，你看過就會知道了……雖然我不太建議你看就是……』

……沒、沒關係啦，總之先給我看一下再說。

我閉起眼睛，在神器(sacred gear)內部探索。於是，德萊格便將牠記錄下來的，各位歷代白龍皇的影像給我看。

影像當中的歷代白龍皇，各個表情神清氣爽。

『你好，現任赤龍帝。我們是歷代白龍皇的殘留意念。』

有夠平易近人！看來真的成功說服他們了呢！

『對於你的種種所作所為，我們只能深表遺憾。』

是，非常抱歉！這個我就只能老實道歉了。不過這是影像紀錄，大概也沒辦法傳達給他們知道吧。

『因此，我們設立了受害者會……不過，看來這是我們思慮不周。』

也就是說，他們解散了那個會啊。太好了，真是太感恩了！

正當我放下心裡的重擔時，一個面容特別精悍的男子說：

『在法夫納的引導之下，我們領悟到了真理。』

…………

他剛才好像提到一個令人不安的名字……而這份不安立刻化為話語，鑽進我的耳裡。

『——沒錯，就是小褲褲的美好。』

…………

…………

我無言以對。正當我的思緒中斷時，他們以一臉悟道的表情繼續說了下去：

『我們似乎都有個共通點，就是對於異性的臀部特別關注。』

……我的寶玉當中有位白龍皇前輩說過屁股也很讚。

『然而，在白龍皇面前，我們必須否認這件事。』

『——我們認為，白龍皇不應該有特別的性癖。』

『但是，法夫納給我們看了那個東西——至高的逸品，小愛西亞的小褲褲。』

——白龍皇前輩攤開了愛西亞的內褲！

他像是拿著某種非常神聖的東西似地，以雙手捧著——

『牠讓我們發現到，在現代的俗世中有這麼美好，用來包裹臀部的布製品。』

『形狀、功能、觸感，以及穿著在臀部——不，小屁屁上面時的那種HipLine……』

『HipLine……』

『HipLine……』

『HipLine……』

歷代白龍皇以標準的發音連續唸著臀部曲線的英文……

『這尊貴的寶物，讓我們深刻體會到自己在欺騙自己，那種頓悟的衝擊是如此強烈。』

『聽說歷代赤龍帝的殘留意念在消失前說的是「陷陷陷陷呀啊——」是吧。』

『那麼我們就以此作為和解的宣言吧。』

他們彼此肩搭肩，以爽朗的表情大喊：

『『『『『『『『『『——小愛西亞的小褲褲，嗅嗅。』』』』』』』』』』

………………

……

……這就是說服的方式嗎，德萊格先生？

『…………這世上也有我不知道的事情。』

德萊格的聲音聽起來很累。嗯，總覺得，我好像可以看見牠在記錄這段影像時，那種打從心底感到傻眼的表情。再怎麼樣對於胸部、臀部看得很開了，這樣也太……！

聽說牠們在說服歷代白龍皇的時候陷入了苦戰，但沒想到，法夫納的內褲講座居然可以讓他們心悅誠服……太離譜了，真的是太離譜了。

真不知道現在瓦利的心境如何……

法夫納說：

『如果大家都可以透過小愛西亞的小褲褲得到和平就好了。本大爺是這麼認為——這麼祈願。可愛的小褲褲是和平的象徵，是世界的寶物。』

我的伙伴們——要不就是雙手掩面，要不就是一臉厭煩貌！愛西亞本人則是倒地不起！

莉雅絲一邊搖頭一邊說：

「……這個世代的二天龍真是太奇怪了……」

——連我也被包含進去了！

抱歉啦！莉雅絲之所以會變成開關公主，真要說的話原因也是出在我身上！這個現象也算是從我起頭的囉？不，我認為這是法夫納的錯！不這麼想的話我會受不了！

德萊格最後說：

『——以上。這下子……我們就能使用白龍皇之力了……！』

……這樣啊，可以用了。很好很好，我知道了。嗯、嗯，謝謝你啦！

「不過，居然可以制止邪龍……二天龍和龍王們真是太難預料了呢。」

——！

一道熟悉的聲音傳到我們這裡來！赭紅色的閃光經過我們身邊，落在會長和羅絲薇瑟所在的校園裡！

「呀啊！」

赭紅色的閃光彈開會長，籠罩住羅絲薇瑟……光芒平息之後，出現在那裡的是身穿複製赤龍帝的鎧甲(boosted gear scale mail)的歐幾里得・路基弗古斯！

混帳，在這個時機總算登場啦！

那個傢伙——把羅絲薇瑟抱在身旁！羅絲薇瑟試圖抵抗，但歐幾里得緊緊抓著她，想逃也逃不了。

「幸會，『D×D』的各位。」

「——歐幾里得！」

聽我如此大喊，那個傢伙聳了聳肩。

「幸會啊——赤龍帝。」

那個傢伙摟著羅絲薇瑟，滿嘴胡言了起來：

「羅絲薇瑟和那座島，我們邪惡之樹都會善加利用的。好了，阿格雷亞斯的轉移也完成了，我個人是很想趁著察覺到這一帶出了亂子的冥界軍隊過來之前趕緊離開，不過你們應該不會讓我這麼做吧。」

我們迅速擺出包圍住那個傢伙的陣型。我指著他說：

「那還用說嗎！放開羅絲薇瑟！」

莉雅絲也對他發怒：

「我得抓住你，把你帶到兄長大人和嫂嫂大人面前去才行！」

沒錯，正如莉雅絲所說。我們要把這個傢伙扭送到瑟傑克斯陛下和葛瑞菲雅跟前！葛瑞菲雅……因為這個傢伙的關係，到現在都還在被人懷疑！這種沒道理的事情該到此為止了！

歐幾里得只是輕輕笑了一下。

「真可怕啊。那麼，就讓我稍微抵抗一下吧。」

他彈了一下手指。結果，因為法夫納引發的奇妙現象而停下動作的邪龍們回過神來，再次開始襲擊我們！

但是，我的伙伴們勇敢地宣言了！

「我們可沒空說喪氣話！哪能在最後關頭才敗下陣來啊！」

伊莉娜拍動她增加為兩對的羽翼！

「那當然了，伊莉娜！」

潔諾薇亞重新握好杜蘭朵！

「我也會加油！法夫納先生，請助我一臂之力！」

『當然，本大爺是小愛西亞的伙伴。』

愛西亞和法夫納也準備在最後關頭多撐一下。

「羅絲薇瑟就交給一誠同學和社長了！」

說完，木場便和真羅副會長一起衝鋒陷陣！

我和莉雅絲再次逼近歐幾里得——這時，一隻魔法之箭朝著歐幾里得射來！

我看向箭飛來的方向——出現在眼前的是格恩達爾女士！她看起來疲憊不堪，身體搖搖欲墜地，將手向前伸出。

「把我的孫女……還來！」

格恩達爾女士表現出她堅決的意志。

歐幾里得說：

「我們的同伴在底下大鬧了一場對吧？您看起來為了對付他，已經相當疲憊了呢。」

羅絲薇瑟對著自己的祖母大喊：

「阿嬤！別這樣！妳已經耗盡力量，快要動彈不得了吧！」

這樣啊，為了對付和這些傢伙掛勾的魔法師叛徒，她已經在地下打過一場，耗盡魔法力了。背叛的那個人應該也是知名的魔法師，格恩達爾女士想必也是相當逞強吧。

聽孫女這麼說，格恩達爾女士厲聲說道：

「……妳安靜點。不過是要救妳，我還辦得到！」

歐幾里得搖頭嘆息。

「很遺憾的，無論您多麼擅長使用魔法，以現在這個狀態想對付我，終究不可能。」

說著，歐幾里得就在腳邊展開轉移型魔法陣！他打算抱著羅絲薇瑟就這樣轉移離開嗎！

我們正準備出手時，格恩達爾女士擠出最後一絲力量，以使盡渾身解數的魔法之箭射向歐幾里得的魔法陣！瞬間，歐幾里得的魔法陣像是出現了什麼錯誤一樣產生了波動，力量開始亂竄，最後整個迸射開，消失殆盡！轉移停止了！

「……封印轉移。居然耍這種令人厭煩的小手段呢。」

歐幾里得忿忿地冒出這麼一句話之後，展開龍的雙翼，企圖逃亡！飛行的速度極快！那個混帳，轉移不成就想靠飛行的方式逃跑啊！

格恩達爾女士當場癱坐在地，同時對準備追著他們飛出去的我和莉雅絲說：

「……赤龍帝大人、莉雅絲公主……拜託、拜託你們，救回我的孫女，請救回羅絲薇瑟吧，拜託你們了。」

我和莉雅絲笑著說：

「這是當然。」

「她是我們最引以為傲的伙伴嘛。」

……羅絲薇瑟是我們最重要的眷屬，更是伙伴！所以當然要去救她！絕對要救回來！

我和莉雅絲彼此點頭示意之後，就朝空中飛去！

和莉雅絲一起追著歐幾里得飛出去之後——前進了好一段距離，發現他就在前方等著。

歐幾里得還是摟著羅絲薇瑟，並指了指下方。

是叫我們降落吧，真是個惹人厭的傢伙。

我和莉雅絲降落到地上。這裡距離農耕地有段距離，是一大片荒涼的土地。放眼望去，不見任何建築物和人影。在這裡的話，即使亂來一點也沒問題吧。

再次和歐幾里得對峙之後，我這麼問他：

「葛瑞菲雅的弟弟，歐幾里得！……你到底在想什麼？為什麼到了現在才現身？而且還變成了恐怖分子！你想反抗當權的惡魔政府嗎？」

我想再次確認這傢伙的想法。儘管是恐怖組織的主謀之一，畢竟還是葛瑞菲雅的弟弟。

歐幾里得說了：

「……有很多因素呢，兵藤一誠。對當權政府的不滿、對姊姊的質問，我耗費了很多時間自問自答。兵藤一誠，請你回答我——惡魔是什麼？」

面對這突然的提問，我無法輕易回答。

歐幾里得看見我的反應，點了點頭。

「沒有一個能夠一概而論的答案對吧，我也這麼覺得。」

「……是李澤維姆的思想促使你行動的嗎？」

「每個人都有各自的思想。不過，我認為那位大人的想法，在解答我的問題時是不可或缺的因素。」

歐幾里得重重嘆了口氣。

「我認為，所謂的惡魔，對於人類和其他勢力而言，最重要的就是必須身為『惡魔』。意思非常單純，就是必須比任何生物、任何存在都還要邪惡。關於這一點，我和李澤維姆大人的想法相同。不過，接下來就是我自己的答案了。」

歐幾里得展開雙手。

「──我要透過李澤維姆這個男人，讓所有勢力見識到何謂『惡魔』，並讓所有人有所領悟。我要昭告天下，『惡魔』是多麼凶惡、多麼危險，這個種族的存在對於所有勢力而言都是邪惡的。統治和政治的問題，事到如今都已經無所謂了。對我而言……不，對李澤維姆大人來說也是──我們的終極目標是讓人類世界也見識到何謂『惡魔』。」

……這個傢伙也是為了這種狗屁不通的歪理而行動的嗎……！

什麼叫做讓大家見識何謂惡魔啊……！

在學校裡接觸過的那些小朋友們的笑容，一一浮現在我的腦海中。

那種事和那些什麼都不懂的冥界小孩有關嗎……？吶，有關嗎……？

歐幾里得的發言讓我憤怒到面目猙獰。

「……你打算讓所有勢力、讓人類世界疏遠惡魔嗎……！」

歐幾里得的眼神拋向遠方。

「姊姊……是我的憧憬。身為女性，卻比任何人都還要強、還要勇敢。對我而言，姊姊就是我的驕傲。那時，我深信在姊姊身邊支持她，才是我的生存之道。這樣的姊姊，卻違背了路基弗古斯家必須盡心侍奉『路西法』的家規，傾心於一個連惡魔都稱不上的異形之物。這對我造成了多大的衝擊，如何使我的價值觀崩潰，莉雅絲．吉蒙里，妳能夠想像嗎？」

歐幾里得指著我說：

「長期以來，我的心理失去平衡，精神和肉體都陷入了跟死屍沒有兩樣的狀態。一直到我知道有個恣意妄為，為冥界帶來新氣象的人——就是你，兵藤一誠。那時，我想通了。」

歐幾里得仰望天空，他的表情看起來莫名的有些開朗。

「『啊啊，我懂了。我也可以隨心所欲地過活啊』——」

——！

看見我，讓他知道可以隨心所欲地過活……？什麼跟什麼啊！這個傢伙從剛才開始就一直說些莫名其妙的話！

莉雅絲以帶著怒氣的聲音說：

「然後那造就了你今天的所作所為嗎！」

歐幾里得對此似乎沒有什麼特別的感覺。

「只是一個很單純的想法。惡魔當中出了英雄——孩子們看著那個英雄，因而受到影響，可是這樣真是太不像惡魔了。既然如此，我就要讓孩子們看看真正的『惡魔』。」

「你所謂的『惡魔』就是李澤維姆嗎！事到如今才回到檯面上，還鬼扯著這些事情！」

莉雅絲也附和了我的怒吼，她的臉上滿布了憤怒和淚水。

「……你這個扭曲的傢伙！種族本身都已經面臨存亡危機了，在這種狀況下非但屏棄平和，還想帶來混沌……！」

聽了莉雅絲這番話，歐幾里得歪著頭說：

「扭曲。莉雅絲．吉蒙里，妳所謂的扭曲是從何而始，至何而終？是我的所作所為？還是原本不應該消失的魔王們遭到消滅？我們是脫離原本的聖經以及相關書籍而存在的『EXTRA』——是體制之外的惡魔。正因為神話已經崩潰，才會誕生出像妳的哥哥和阿傑卡．別西卜那樣超常的惡魔吧。不，我們已經不能算是『聖經中的惡魔』了也說不定。」

…………

讓小朋友們看看真正的「惡魔」？而且契機還是我的行動……？

我搖搖頭。

「所以你是想透過那種方式來展現你自以為偉大的野心啊……不過——」

是的，不過，他錯了。那種野心、夢想，和那些孩子們毫不相干吧！

「那些都和小朋友們無關吧——！無論如何，你都打算破壞現在的冥界對吧？既然如此，我當然得阻止你才行！」

看著從鮮紅色鎧甲噴出氣焰的我，歐幾里得輕輕一笑。

「沒錯，你就應該這樣。所謂的英雄，就是應該一心想著要保護某些事物而勇往直前。你這樣是正確的。李澤維姆大人一開始就否定英雄的存在，而我則不同。正因為你是英雄，當我的對手才夠格啊！」

聽你鬼扯！我絕對不會原諒你！

莉雅絲又問：

「那麼，你為什麼要對羅絲薇瑟下手？因為她接觸到666（trihexa）的祕密了？但是，只是因為這樣的話，你出現在東京的行動也太過冒險了吧？」

沒錯，正如莉雅絲所說，這個傢伙特地在東京現身勸說羅絲薇瑟的舉動，無論怎麼說都太過大膽了。潛入主要都市，對於恐怖分子而言應該是必須非常慎重處理的事情吧？一旦計畫曝光，下次要潛入就會變得更加困難。既然他知道這一點還進入東京，要不就是有非常重要的理由，要不就是他瘋了。

他看著羅絲薇瑟說：

「……這個人非常聰明，也很有才華。只要將她帶回我們那邊，就更能有效運用她。畢竟，她想要推導出來的結論，並不是為666(trihexa)解除封印的術法，而是相反的東西——也就是施加封印的方法。」

——！

聽他這麼說，我和莉雅絲都大吃一驚！

羅絲薇瑟那篇論文不是關於解除666(trihexa)的封印，反而是施加封印的方法……？

歐幾里得摸了摸羅絲薇瑟的銀髮，繼續說：

「而且……羅絲薇瑟很像她呢，非常像。」

莉雅絲一臉詫異地問：

「……她像誰？」

「——家姊葛瑞菲雅。」

——！

對於他這番表白，我、莉雅絲，還有羅絲薇瑟都說不出話來……他說她們兩個人很像，可是長相完全不同。一頭銀髮，還有散發出來的感覺，或許是有幾分相似沒錯啦……

歐幾里得掛著一抹淺笑說：

「……這個人或許可以成為我的姊姊，這是非常重要的一件事情。」

…………

……這樣啊，我終於搞懂了……這個傢伙，在我們第一次見面的時候也說過「請轉告家姊」之類的話。

……這個傢伙，歐幾里得他……是在追尋葛瑞菲雅的影子……？

難道，他一直以來的行動還有剛才那些亂七八糟的言行，全都和葛瑞菲雅有關？

畢竟，光是因為和葛瑞菲雅很像，他就特地冒著危險到東京來見羅絲薇瑟的話……光是這點就已經足以證明……

莉雅絲的表情立刻湧現了悲傷。

「……歐幾里得．路基弗古斯，你的心……已經……」

「？妳在說什麼？我再正常不過了。」

歐幾里得嘆了口氣，對我——不，是對德萊格說：

「赤龍帝德萊格，你覺得呢？——你願意將靈魂轉移到我這邊的寶玉當中嗎？」

德萊格以大家都聽得見的方式說：

『你是要我轉換跑道？』

「是的。我應該能夠比歷代任何一位赤龍帝都更能夠靈活用運你才對，也比兵藤一誠更能夠發揮你的力量。不需要靠鮮紅色的鎧甲那種虛假的力量，也能夠成為天龍德萊格的化身——就連霸龍（Juggernaut drive）也能使用。」

『原來如此……的確，你或許能夠發揮出我十二分的力量吧。』

「正是如此，因為我比兵藤一誠還要強。」

『……是啊，我現在的搭檔是歷代當中最弱的一個。不但使用力量的方式不成氣候，喜歡將心力花在多餘的地方也是他的壞毛病，過於拘泥在乳房，更是讓我的精神疲憊不已。』

……牠是不是刻意挑這緊要關頭暢所欲言起來了？不，或許牠是累積很多壓力沒錯啦！

——但是，德萊格語氣強烈地表示：

『不過，他總比你好上千百倍。不，他是歷代當中最好的一個宿主。總之，我要說的是，對我而言，他是最好的搭檔。』

……你很會說話嘛。雖然，我打從一開始就完全不擔心你會變卦就是了。

歐幾里得聳了聳肩，笑了出來。

「呵哈哈哈，那麼我就這麼做吧！」

歐幾里得彈了一下手指。於是，他的手邊冒出一個小型魔法陣，然後又瞬間消失。

下一秒——遙遠的後方傳來了巨大的爆炸聲響。

……是學校的方向……！真的假的……！我和莉雅絲、羅絲薇瑟頓時都說不出話來。

那傢伙只是輕描淡寫地說：

「你們做事那麼不乾脆，一定只是活抓那個背叛的魔法師對吧？我在那個人身上動了手腳——必要的時候，可以讓他爆炸。看吧，你們最寶貝的學校已經遭到破壞了，之前那些辛勞全都成了幻影。」

「…………」

「……你這個邪魔歪道……」

我和莉雅絲因憤怒而渾身顫抖。那個傢伙滿不在乎地繼續說了下去：

「不過，應該無所謂吧？那不過是聚集了一群下級惡魔小孩的寒酸學校。你們知道嗎？知道上級惡魔就讀的，只有獲得遴選的純血小孩才能就讀的學校，是什麼樣子嗎？授課的老師也全都是出自上級家庭，設施方面積極採納近代的技術，同時施行重視傳統的教育。學生們在那裡透過學校這個系統和其他世家交流，這將會成為他們未來最重要的根基。為了在社交界吃得開，上流階級的學校是最好的保險。」

接著，他轉以厭煩的語氣說：

「你們那間學校有這種價值嗎？會有上級惡魔去那裡嗎？反正無論多麼勤勉向學，頂多只能找到一個在低階最頂層，或是在中階最底層的工作，就該謝天謝地了吧。」

…………

……即使是這樣又如何？在那所學校……大家找到了夢想，大家都抱持希望。這究竟是多麼尊貴的一件事，這個傢伙根本不懂……！

我帶著滿身氣焰走向他。

「……幸好你是個邪魔歪道。因為你是葛瑞菲雅的弟弟，我原本還以為你是經過不斷煩惱之後，才下定決心協助李澤維姆那個傢伙的呢。」

飛龍(wyvern)們從鮮紅色鎧甲的各個寶玉飛了出來。因為德萊格回來了，這個功能也就恢復了。

「我原本還有點糾結，心想如果你是抱持著複雜的心情與我們為敵的話，到了必須一決勝負的時候，我打出去的拳頭說不定會有所保留……不過真是太好了，幸好你是個狗屁不如的邪魔歪道……！我不會跟你客氣！今天我就要在這裡揍扁你，把你帶去葛瑞菲雅面前！」

全身爆發出龐大氣焰的我站到那個傢伙跟前！只有這個傢伙，我不會交給任何人！只有這個傢伙，我要親自揍飛他才甘心！

身為赤龍帝！身為敬愛葛瑞菲雅的人！身為羅絲薇瑟的伙伴！我都得這麼做才行！

我對莉雅絲說：

「請妳離遠一點，馬上就會結束了。」

「可是……」

我帶著堅定的眼神對不安的她說：

「我已經不會輸給他了，這個傢伙就由我來打倒。」

大概是理解到我的心意不可能再有動搖了吧，莉雅絲退了一步。歐幾里得也以魔力繩索綁住羅絲薇瑟之後，放開了她。

正牌赤龍帝與複製赤龍帝，第二次的對峙。對方雖然是複製品，但以使用者的實力而言，卻比我高出許多，赤龍帝的特性也是他發揮得比較好吧。

可是，我不會輸給那個傢伙——

「把羅絲薇瑟還來。」

「這我辦不到。由我來運用她，才能夠顯示出她真正的實力。」

聽他不以為意地這麼回答，我斬釘截鐵地說：

「你根本配不上她。她是我最重要的伙伴，哪能讓你想帶走就帶走！」

羅絲薇瑟以下定決心的表情說：

「將這個男人連同我一起打倒吧！」

羅絲薇瑟……那個時候我應該已經說過了。

「我絕對不會那麼做。我會救出妳，然後只打倒那個傢伙——就是這樣。」

那個傢伙看著繞在我身邊的飛龍(wyvern)說：

「上次我因為那些東西而陷入苦戰，不過這次我不會再掉以輕心了。」

說著——他一口氣提升了魔力波動！他的氣焰不斷膨脹，質量已經增加到足以炸毀這一帶的地步了！他腳邊的地面被挖開一大塊，甚至在地上造成一道裂痕。

……好驚人的質量。要是他將那麼龐大的氣焰凝聚成魔力彈發射出來的話，就連上級惡魔也會屍骨無存吧。這就是那個傢伙的真本事。

不過，這是為什麼呢？我覺得他終究不及葛瑞菲雅和瑟傑克斯陛下。明明他都在我的眼前，展現出那麼強大的力量了。

……或許是因為，在論及力量之前，這個傢伙的存在本身就太過曖昧而膚淺，才讓我覺得他算不了什麼吧。

……雖然我自己也很膚淺就是了，不過總比這傢伙還要好上一些吧。

「那麼，我要出招了！」

歐幾里得向前伸出手，凝聚魔力。

『Boost Boost Boost Boost Boost Boost Boost Boost Boost Boost Boost Boost Boost!!』

複製神器(sacred gear)不斷響起表示增大的語音，讓那個傢伙的氣焰脹得更大之後，他便將氣焰一口氣發射出來！足稱極大的氣焰奔流！

要是毫無防備中了那招，我也不可能沒事——但我指揮飛龍，讓它們在面前排成一行。

歐幾里得的魔力吞噬了飛龍，在那剎那之間。

『Divide!』『Divide!』『Divide!』『Divide!』『Divide!』『Divide!』

飛龍響起表示減半的語音，他射出來的氣焰每經過一隻飛龍，威力便減弱一次。等到氣焰來到我身邊時，大概只剩下舉臂一揮就可以輕鬆消除的程度了吧。

不過，上次已經被那個傢伙看過這招了，所以歐幾里得也很清楚會變成這樣。他在發出魔力彈之後立刻行動，朝我逼近！在高速移動的同時，歐幾里得在拳頭上灌注著魔力！

我立即發出神龍彈。歐幾里得瞬間做出反應，躲了開來——但那傢伙背後有一隻飛龍！

『Reflect!』

隨著代表反射的語音，我的神龍彈反彈了一下，改變了軌道！另外又有一隻飛龍做出反應，又反射了一次！經過兩次反射之後，神龍彈修正了軌道，再次對準歐幾里得飛去！

儘管如此，歐幾里得依然翩身一閃，躲過了那顆神龍彈！在閃躲的同時，他以帶有魔力的拳頭攻向我！以這拳的質量之大，直接命中的話，足以將身體連同鎧甲一起打碎吧！

我將雙臂變為粗壯的剛體衝擊拳版本，來提升防禦力！

那個傢伙張狂地笑了。

「沒用的！光是這樣也擋不住我的拳頭！」

歐幾里得凶惡的一擊——打在我交叉防禦的雙臂上！

拳頭的勁道透進我的身體內部！但是——我的手臂並未鬆開，防禦完好如初。這個事實上歐幾里得的順體瞬間一僵。大概是因為事情不如他的預期，讓他的動作停擺了吧。

我沒有錯過這瞬間的破綻，直接以剛體衝擊拳版本的手臂，往他的臉部打出強勁的一拳！

歐幾里得往後方遠遠飛了出去！複製鎧甲也嚴重破損！

那個傢伙搖搖晃晃地站了起來，問了我一句：

「……這是怎麼回事？我的拳頭在你的氣焰之上，你應該無法防禦才對……但是，在命中的瞬間，我覺得你的力量似乎增強了。」

眼睛真利啊，真是觀察入微。

在我的身旁——飛著一隻赭紅色的飛龍(wyvern)。歐幾里得看見之後大吃一驚。

「……難不成那種飛龍(wyvern)也能夠反映出紅色的……赤龍帝的力量嗎！」

沒錯，這就是我開發出來的能力。得到飛龍(wyvern)之後，我就一直在摸索該如何運用。減半和反射是我已經知道的能力，不過，我又這麼想了。

——如果這是赤龍帝的飛龍(wyvern)的話，戰鬥方式又可以多些變化了。

於是，德萊格說：

『既然如此，要不要試試看？現在的你應該掌握得到其中的訣竅才對。』

在德萊格的建議之下，我努力嘗試想變出紅色的飛龍。一直練到只差一步或許就能成功的地步時，德萊格正好去陪阿爾比恩了，訓練也就此中斷……而多虧德萊格在阿爾比恩那邊說服了歷代的白龍皇前輩們，我的力量得到了確實的證明。我的想像，化為現實了。

那隻飛龍在我身邊飛來飛去，時而變紅、時而變白，自由自在地變換著。只要我動念一想，就可以隨時切換赤龍帝之力與白龍皇之力。

知道這個結果，歐幾里得搖著頭，似乎相當難以置信。

「……這怎麼可能。解放了白龍皇之力後……竟然還可以轉變為赤龍帝之力……！」

「複製品辦不到吧？然後，既然你這麼聰明，應該猜得到接下來會怎麼樣吧？」

「……混合運用紅與白，是吧！」

就是這樣。因應當下的需求改變飛龍！這代表著什麼意義，你應該知道吧！

我和飛龍一起飛向前方！在這之前我已經派出好幾隻飛龍到他身邊去了！他一面橫向飛移，一面連續射出魔力砲擊！我將飛龍排成一橫排，並且變成紅色！

「我不會再輸給你了——！」

我連續射出神龍彈！

『Boost!!』『Boost!!』『Boost!!』『Boost!!』『Boost!!』『Boost!!』『Boost!!』

一顆顆神龍彈經過飛龍(wyvern)之後，威力都增強了！我的魔力變成超大神龍彈，消除了他所發出來的氣焰，就此繼續朝前方飛去。

歐幾里得飛向上空，躲過我的魔力，但我的神龍彈打中已經先飛到前方去的白色飛龍(wyvern)之後——

『Reflect!』『Reflect!』『Reflect!』『Reflect!』『Reflect!』『Reflect!』

全都向空中反射，追著躲到空中的歐幾里得而去！歐幾里得躲過了好幾顆神龍彈，就只有一顆沒躲過。正面受擊的他，鎧甲都被炸開了。

好了，德萊格，該搞定他了。

『好，上吧。』

紅色的飛龍(wyvern)聚集到我的身邊，增強力量。

『Boost!!』『Boost!!』『Boost!!』『Boost!!』『Boost!!』『Boost!!』『Boost!!』

接著，紅色的飛龍(wyvern)貼到我身上，一口氣將力量轉讓給我！

『Transfer!』『Transfer!』『Transfer!』『Transfer!』『Transfer!』『Transfer!』

『Transfer!』『Transfer!』『Transfer!』

——！

……我的氣焰提升到了極限。鮮紅色的氣焰不斷散發出耀眼的光芒，籠罩住周圍。過度增強的力量，將赤龍帝之力暫時轉換成質性迥異的力量。

我的胸部、腹部鎧甲零件開始喀嚓喀嚓地動了起來，並逐漸變形。鎧甲上——產生出某種具備發射功能的構造。

這和霸龍（juggernaut drive），還有與偉大之紅同化時所產生的是一樣的東西。

『沒錯，這就是赤龍帝的手甲（boosted gear）所具備的禁用密技。因為和阿爾比恩心意互通，才得以實現的夢幻因子——神滅碎擊砲（longinus smasher）！』

我將身體對準歐幾里得，開始積蓄氣焰。我感覺得到累積在腹部的氣焰質量有多麼驚人，連我自己都感到害怕。

這種攻擊不能朝著地上發射。所以，必須先將對手拋上空中才行。

然而，歐幾里得或許是察覺到危險了吧，竟然想逃離這裡！

「……雖然很不甘心，不過我可不能讓你用那招對付我！」

正當歐幾里得準備逃跑時，一條魔法繩索捆住了他的身體！

「一直放話批評別人，現在拍拍屁股就想走？那可沒這麼容易。而且你的魔力雖然很強，還是有不少多餘的地方呢。那條繩子已經經過我多方精簡和加強了。」

是羅絲薇瑟！羅絲薇瑟自行解開了歐幾里得的魔力繩，反過來用那個傢伙的繩索綑住他自己！而且還即興以自己的方式調整過了！羅絲薇瑟做事果然面面俱到！

「……真不愧是我看上的女人！」

歐幾里得那個傢伙，都這種時候了還說得出那種話啊！真是夠了！

他試圖以強硬的手法解開魔法繩索，但為時已晚。我的力量已經積蓄完成了。

德萊格對那個傢伙說：

『——歐幾里得．路基弗古斯。這世上只需要一個赤龍帝，你會敗給我們實屬必然。』

沒錯，赤龍帝——！

「赤龍帝只需要一個就夠了！」

隨著我的吶喊，腹部發出了極大的氣焰！

『Longinus Smasher!!!!!!!!!!』

足以將這一帶的天空染成赭紅色、鮮紅色的龐大氣焰，一氣攻向歐幾里得——

摔在地面上的銀髮男子——

被我的神滅碎擊砲(longinus smasher)直接命中，那個傢伙的鎧甲完全消失，自己也受了重傷……渾身上下都流著血。

他似乎無法相信自己敗給了我，面無表情地望著天空。

天空——在我的神滅碎擊砲(longinus smasher)影響之下，依然是一片鮮紅。

……真不得了啊，氣焰還殘留在空中啊。

『這可不准連續使用喔。畢竟依據使用方式，這是甚至可能會改變環境的禁忌力量之一。最重要的是，只要發了一擊就會疲憊不堪。』

太可怕了。好啦，我知道了。除了緊要關頭之外，在運用上我會很小心的……而且，還真的把體力都給耗盡了啊……我現在光是站著就很吃力了……

莉雅絲以連絡用魔法陣確認伙伴們平安無事之後，是為了發生在奧羅斯和阿格雷亞斯的事情，還有逮捕歐幾里得，而叫了軍隊過來。

這個傢伙……歐幾里得似乎已經喪失戰意，連想要逃的動作都沒有。

歐幾里得望著紅色的天空說：

「……姊姊大人，您就那麼喜歡『紅色』嗎？我……也變成『紅色』了喔。」

New Life.

奧羅斯開始進行戰鬥後的善後。

鎮上……到處都是邪龍留下來的痕跡。學校周邊更是慘不忍睹，這附近已經沒有一間房舍、沒有一塊田地是完整的了。

學園本身也是……大概是因為歐幾里得的那擊爆炸吧，校舍已經半毀了……一直到了最後關頭，還是著了他的道啊。不過，沒有全毀就已經算是不幸中的大幸了吧。

冥界的士兵趕到之後，正在學園裡和鎮上進行調查和清運瓦礫的工作。我們這邊已經過了三個小時以上，但聽說外面只過了三分鐘左右。他們真的把內外的時間比例弄成一個小時等於一分鐘了啊……

恐怖分子的主謀之一——歐幾里得，剛才已經被傳送到魔王領去了。那個傢伙一直到最後都掛著惹人厭的笑容……算了，剩下的就交給瑟傑克斯陛下吧。

聖十字架的魔女——華波加，在那之後好像就立刻和阿日・達哈卡以及剩下的量產型邪龍，一起利用轉移型魔法陣撤退了……聖遺物(relic)的使用者對惡魔而言是強敵，必須認真擬定今後的對策才行……

體力耗損特別嚴重的匙和塞拉歐格，還有和我們一起戰鬥的那些爸爸們，先由愛西亞治好了他們的外傷之後，醫療小組便帶著他們轉移到醫院去了。聽說大家都沒有生命危險，只是可能得住院一段時間。

……匙、塞拉歐格、小朋友的爸爸們，大家都是為了保護學校而拚上了性命。多虧了他們，小朋友們才能都平安無事。被我們稱為希望的那群小朋友當中，沒有任何一個人受傷。我認為……這是很值得驕傲的一件事。

剛學會變身為禁手（balance breaker）的匙消耗的體力特別多，在解除鎧甲之後便立刻失去了意識……和格倫戴爾交戰之後，他原本就已經超越極限了吧。

小朋友們和其他家長，以及小鎮的居民都陸陸續續回到地面上來。

「被打得好慘啊。」

聽見熟悉的聲音，我轉過頭去——是阿撒塞勒老師。

「不好意思啊，這次沒能參加。」

我搖搖頭說：

「不，我們也沒想到事情會變成這樣……」

那些傢伙順利將阿格雷亞斯整個帶走了。都市裡的居民好像全都先被轉移到地上來，也就是說，他們搶走的只有那個空中都市。

我問老師：

「那些傢伙的目的……到底是那個空中都市的什麼東西啊？」

阿格雷亞斯使用的是舊魔王時代的技術，至今仍然有許多無法完全解析的不明部分。蒼那會長她們說，身為前路西法的李澤維姆知道其中有什麼祕密也說不定。

老師嘆了口氣，並說：

「……搞不好裡面藏著巨大兵器，或者是會變形呢……也許負責那裡的阿傑卡・別西卜知道些什麼，去問問他比較好吧。」

老師似乎也完全沒有頭緒。

……拜託不要真的是會變形成巨大機器人之類的啊。

他們的目的是阿格雷亞斯，以及666（trihexa）的相關情報。沒錯，歐幾里得也曾經提到過羅絲薇瑟的論文。

老師好像也在想同樣的事情，並說出口：

「羅絲薇瑟的那篇論文，我已經分析到一定的程度了。」

「……是關於666（trihexa）的封印方式，對吧？」

「什麼嘛，歐幾里得那些傢伙已經提過了嗎？沒錯，就是這樣。羅絲薇瑟的論文並不是關於如何解除666（trihexa）的封印，而是想要寫出封印本身的術式。那個傢伙是真正的才女。當初有一半是當成消遣而著手研究的論文，居然能夠觸及封印的可能性。」

……不是解咒，而是封印啊。意思就是說，即使666（trihexa）就快要復活了，只要羅絲薇瑟的論文完成，就可以再施加新的封印囉？

老師說：

「……接下來，那傢伙的術式解析能力將會成為關鍵。今後敵人還是很有可能會對羅絲薇瑟出手。沒想到那個羅絲薇瑟會變成我們的王牌，還真是世事難預料啊。」

老師嘆了口氣。就是說啊，羅絲薇瑟很有可能會成為我們的逆轉關鍵。我的眷屬伙伴真的都是一群很厲害的傢伙啊……

老師伸手在我頭上亂摸了一陣。

「帝釋天要我轉告你們——第一代孫悟空原本在天帝身邊擔任的職位是對抗『禍之團（Khaos Brigade）』的尖兵，那個位子現在由曹操接任了。」

——！這樣啊……那個傢伙果然回來了嗎。那把長槍……破壞了包圍這裡結界的，就是那個男人……總覺得最近可能會再見到他呢。

「還有，即使對歐幾里得獲得了完全勝利也不能太大意。你得更進一步發揮赤龍帝之力，否則贏不了克隆·庫瓦赫牠們。不過，你應該有辦法才對啦。」

既然老師都這麼說了，我也想更相信自己一點。

……吶，德萊格。我還要變得更強喔，因為那些傢伙動了絕對不可以遭到破壞的事物。

……我絕對不會放過他們。

德萊格無所畏懼地笑了。

『好啊，那有什麼問題，我們就一起大鬧一場吧。這樣才稱得上是赤龍帝。』

沒問題。只要有伙伴們和德萊格在，我就可以一直戰鬥下去——

正當我重新下定決心時，在一旁的老師忽然露出認真的眼神。

「……還有，我們也得設法找出引發這次事件的幕後黑手才行。」

……引發這次事件的幕後黑手。說的也是，對手策劃的所有事情，都能夠進行得這麼順利也太奇怪了。原則上，那些動手竄改魔法陣、轉移了阿格雷亞斯的魔法師當中，我們逮到了唯一的活口。他是因為爆炸術式有缺損，而撿回了一條命。

阿格雷亞斯對於透過時間與空間進行的恐怖攻擊的防範措施還不周全，還有知名魔法師聚集到這個小鎮來，這兩件事應該都和幕後黑手有關。否則，利用轉移型魔法陣奪取阿格雷亞斯，這種規模浩大又大膽的行動根本不可能發生。而且還封印了格恩達爾女士以及其他魔法師的術式，設想得如此周到。

唯一想得到的，就是有人一邊估算著我們「D×D」的實力，一邊推動這個計畫。

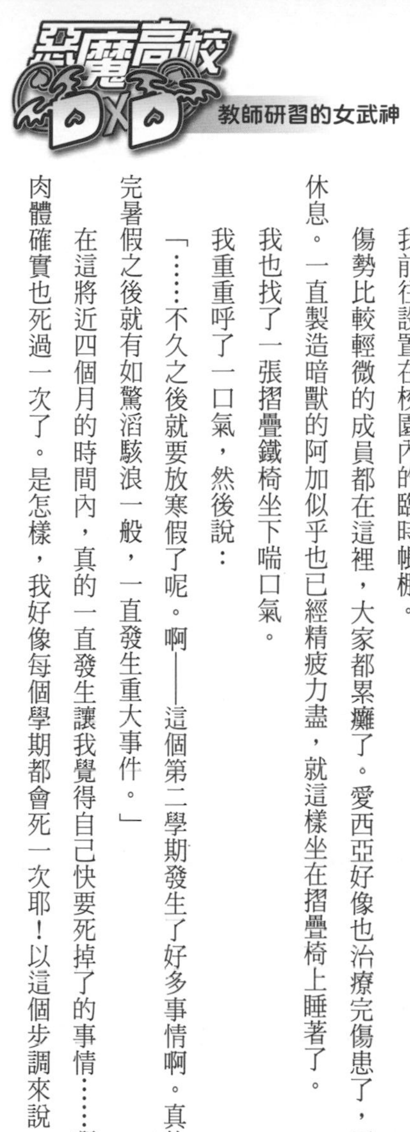

……有個對冥界的狀況非常了解的人，在洩漏我們的情報給恐怖分子。

——對你而言是和平，卻會讓某些人感到痛苦。

忽然，瓦利這句話又浮現在我的腦中。

這時，氣喘吁吁的杜利歐終於趕到了。

「啊！不好意思我來晚了！該怎麼說呢……我會努力收拾善後！」

看來，就連天界的王牌也沒辦法處理這次只發生在三分鐘之內的事情啊。

我前往設置在校園內的臨時帳棚。

傷勢比較輕微的成員都在這裡，大家都累癱了。愛西亞好像也治療完傷患了，正在稍作休息。一直製造暗獸的阿加似乎也已經精疲力盡，就這樣坐在摺疊椅上睡著了。

我也找了一張摺疊鐵椅坐下喘口氣。

我重重呼了一口氣，然後說：

「……不久之後就要放寒假了呢。啊——這個第二學期發生了好多事情啊。真的是從放完暑假之後就有如驚滔駭浪一般，一直發生重大事件。」

在這將近四個月的時間內，真的一直發生讓我覺得自己快要死掉了的事情……啊，我的肉體確實也死過一次了。是怎樣，我好像每個學期都會死一次耶！以這個步調來說，進入第三學期之後我搞不好還會再死一次，太可怕了。而且這還很有可能成真！

莉雅絲說出她的決心。

「──寒假期間，大家再集合一次吧。」

「要在寒假辦集體特訓嗎？找『D×D』的成員一起？」

「即使是在如此重要的時期，我也很想讓大家好好休息。只是，有個地方請我們在寒假之前去幫他們一個忙。」

「哪裡啊？」

「──是教會。直接說是天界也可以吧。」

天界！……惡魔去那裡沒問題嗎？啊，潔諾薇亞為了修復杜蘭朵，好像暫時在那裡待過一陣子是吧。

不過，我沒去過天界，所以有點期待呢……那邊應該就是天堂沒錯吧？明明還活著，而且身分還是惡魔，卻可以上天堂，感覺還真是奇妙。

莉雅絲微笑著說：

「看來我們十二月底會和天使們一起度過呢。關於這件事，伊莉娜和葛莉賽達修女正在敲定各項事宜。」

喔喔，我越來越期待了──這時，潔諾薇亞從地下回來了。

「啊，找到了。原來妳在這裡啊，社長。」

「怎麼了嗎，潔諾薇亞？」

潔諾薇亞點了點頭，望著我們吉蒙里眷屬說：

「嗯，我想，差不多該是時候先跟大家說一聲了。而且一誠也在這裡，更是剛好。」

怎麼了？有什麼事嗎？伊莉娜也站到潔諾薇亞身邊，挺起胸膛，得意地笑著。

潔諾薇亞說：

「聽說進入第三學期之後，就要舉行明年度的學生會總選舉。」

是啊，第三學期開始之後馬上就是總選舉了。

「對喔，蒼那會長和真羅學姊都要畢業了，得選出新的學生會幹部才行……難不成，妳是要——」

我想像到某個結論！應該說，這個傢伙已經自信滿滿地雙手抱胸了！

潔諾薇亞舉起手指著天，如此宣言：

「一誠，我要登記參加下次的選舉——我想成為學生會長。」

——！

「「「咦咦咦咦咦咦咦咦咦咦咦咦咦——！」」」

我、木場、小貓、蕾維兒都嚇了一大跳！正在睡覺的阿加姑且不論，從莉雅絲、朱乃學姊、愛西亞、羅絲薇瑟她們並不特別驚訝的樣子看來，可見是已經事先知道這件事了！

不不不不！參加學生會長選舉，這種事情誰料得到啊！啊——！她之所以對課業和學校的活動那麼有興趣，就是因為這樣嗎！

莉雅絲說：

「她來找我們商量的時候，我們也很驚訝。沒想到，潔諾薇亞居然想當學生會長……她最近對學校的活動特別關心，就是因為這樣。」

潔諾薇亞不住點頭，接著又說了下去：

「進入第三學期之後，我就會開始跑競選行程……到時候可能得離開神祕學研究社了，但是我已經冒出這個野心，所以無論如何都想當上學生會長，還請各位見諒。」

……喔、喔喔喔喔喔喔喔……

這下又冒出一件非常不得了的事情了呢。那個潔諾薇亞……居然想選學生會長！一想到蒼那會長的接班人可能是這個傢伙，我就覺得很誇張！

我問莉雅絲：

「這、這樣好嗎？潔諾薇亞離開神祕學研究社也沒關係嗎？」

原則上，她是吉蒙里眷屬，神祕學研究社又是以我們為中心在經營。

莉雅絲點了點頭。

「可以啊，應該不成問題吧。她是吉蒙里眷屬，這一點並不會改變，由潔諾薇亞擔任學校活動的推手好像也很有趣呢。」

哎呀，這麼隨便啊！這、這樣真的好嗎～

莉雅絲對大家說：

「反正還有一段時間，大家在寒假之前想好因應對策吧。」

愛西亞像是忘了自己的疲憊，抱住潔諾薇亞。

「潔諾薇亞同學，我也要幫忙！」

伊莉娜也撲到潔諾薇亞身上。

「當然，我也是！傳教、宣教之類的事情，我都相當拿手！」

「沒錯，我也還算擅長傳教喔！我要當上學生會長！」

「「「喔喔！」」」

潔諾薇亞、愛西亞、伊莉娜氣勢大振！

競、競選和傳教應該不太一樣吧。這樣啊，教會三人組都要協助潔諾薇亞的競選活動是吧。不過，我也會幫忙就是了。哎呀——真是嚇了我一跳。

我無意間看向莉雅絲，她帶著有點落寞的表情這麼說：

「……進入第三學期後，距離畢業也不遠了，得決定神祕學研究社的新社長才行呢。」

「妳已經決定好要選誰了嗎？」

我這麼一問，莉雅絲便將食指擋在嘴前面，眨了一下眼。

「還得保密才行。不過，我已經和朱乃一起決定好了。」

這樣啊，我也很在意這件事。

話說回來，不久後很多事情就都要世代交替了呢……學生會也是，神祕學研究社也是。

莉雅絲拍了拍手，對大家說：

「好了，寒假之前還有工作等著我們去做呢。首先，就從處理這個地方做起。」

「「「「「是！」」」」」

大家一起回話之後，再次開始工作──這時，伊莉娜拉了拉我的衣袖，笑得很奇怪。

「對了，一誠。不久之後就是我們約定的時期了呢。」

「咦？」

面對燦笑的伊莉娜，我只能露出一臉傻愣的表情，但她毫不介意，繼續說了下去：

「…………我們小時候的那個約定，我相信到聖誕節你就會想起來了喔♪」

「送到這裡就可以了。」

格恩達爾女士在校內的一角展開了移動型魔法陣。在這次事件當中，格恩達爾女士已經消耗掉很多體力，所以決定先到冥界的醫院去就診。轉移的工作其實可以交給醫療小組負責，但她卻說自己一個人就去得了，並展開了個人用的魔法陣。

於是我和羅絲薇瑟決定來送行。

「…………」

「…………」

格恩達爾女士和羅絲薇瑟並沒有多談些什麼。在難以言喻的氛圍之中，我感覺到有好幾個氣息往這邊跑了過來。仔細一看，是小朋友們，而李連克斯也在裡面。

「羅絲薇瑟老師——！」

「奶奶老師——！」

小朋友們落寞地對羅絲薇瑟和格恩達爾女士說：

「老師，妳們真的要回去了嗎？」

「妳們已經不會來這間學校了嗎？」

「我想要老師多教我一點魔法！」

「我想學會用魔法！」

格恩達爾女士摸摸小朋友們的頭說：

「我還會再來喔。而且，羅絲薇瑟老師一定也願意再找時間來教你們才對。」

聽她這麼說，小朋友們都露出最燦爛的笑容。

格恩達爾女士對羅絲薇瑟直截了當地說：

「羅瑟，妳一直以來走過的路、學過的知識，即使和我們的家系不同，也絕對不是錯誤的，妳看……」

那些小朋友們臉上都帶著笑容——

「這些孩子們的笑容是妳走過的路程所得到的收穫。是因為有現在的妳，才成就了他們的笑容。妳應該更以自己為傲一點才對——羅瑟，因為妳是我最引以為傲的孫女。」

聽了這句話，羅絲薇瑟摀起嘴拚命壓抑著心中湧現的情緒。儘管如此，淚水還是從她眼中傾瀉而出。

「…………是，謝謝奶奶。」

聽到她這麼說，格恩達爾女士加強了傳送的魔法力。就在即將進行跳躍之際，她像是想起了什麼似地說：

「那麼，我要走了。啊——對了對了。」

格恩達爾女士看著我，眨了一下眼。

「羅絲薇瑟就拜託你多多照顧了，男朋友。」

「不，我……」

正當我準備搖頭時，格恩達爾女士笑著說：

「還是交給你，我最放心。」

留下這句話，格恩達爾女士消失在轉移之光當中。

…………

這、這次送行變得有點不知道該說什麼才好了呢……我苦笑著看向旁邊，看見的是滿臉通紅的羅絲薇瑟。

「羅、羅絲薇瑟？」

我叫了她之後，她便紅著臉，這麼對我說：

「……你、你……你表現得很帥氣。而、而、而且……我很高興，謝謝你追過來……」

「那是當然的啊，我一定會去救羅絲薇瑟。」

聽我這麼說——她低下頭來，喃喃說著：

「下……下次……我們一起去……兩百圓商店好了。不，你願意陪我去嗎？」

兩、兩百圓商店啊……也罷，這樣才像她。我笑著說：

「好啊。」

羅絲薇瑟隨即露出微笑。不過，周圍的小朋友們這下開始起鬨想看好戲了。

「會親下去嗎？吶吶，你們要親親嗎？」

「胸部龍要和不是開關公主的人親親！」

羅絲薇瑟慌了起來，帶著方言說：

「親親那種不知羞恥的事情，偶才不會做！」

實在很有羅絲薇瑟的風格。

送走格恩達爾女士後，回到協助重建小鎮的工作上，我和莉雅絲一起在學校清運瓦礫。

……終於，可以兩人獨處了。最近發生太多事情，連邀莉雅絲去約會的時間都沒有。

……可是，我又好想盡量拉近兩人之間的距離。

…………

我順了順呼吸，對正在以魔力搬起大型的牆壁碎塊的莉雅絲說：

「……不、不好意思，有一件非常難以啟齒的事情……應該說，我其實已經決定要這麼做了……不，我想還是向妳確認一下比較好……」

我發出了突然變高的不自然語調，讓莉雅絲顯得一臉疑惑。

「怎麼了嗎？」

……說吧，兵藤一誠！這種時候不勇往直前，算什麼赤龍帝！你不是很早以前就決定要這麼做了嗎！要是不趁現在說的話，下次不知道什麼時候才有機會說出口！

我在心中激勵自己之後，緩緩張開顫抖的嘴。

「……私底下獨處的時候，我可以不用敬語嗎？那個，因為……我很想跟莉雅絲用最自然的方式說話。」

莉雅絲聽了——手一鬆，巨大的碎塊不禁摔落到地上。或許是沒料到會聽見我這麼說吧，她的表情有點呆滯。

——不過，她立刻濕了眼角，並點了點頭。

「——嗯。」

……太好了！我在心裡擺出勝利姿勢，然後鄭重對她說：

「謝啦，莉雅絲。」

「不，我很高興。一誠，我愛你。」

我和莉雅絲牽起彼此的手。在我們注視著彼此時，我說：

「我才是，我最喜歡妳了。」

啊啊，終於能夠自然地和她說話了！她是比我年長的大姊姊，又是我的主人，說話不用敬語讓我覺得很惶恐。可是，既然彼此都已經互訴心意了，應該不用那麼畢恭畢敬才對。

不，應該說會讓人非常想要自然地說話。

幸好我說出口了。因為我……愛著這個人……！我很想盡量縮短兩人之間的距離。

就在氣氛正好的時候——忽然響起了有人清喉嚨的聲音。

我嚇了一跳，和莉雅絲一起轉過頭去，看見的是蒼那會長。

被她看到了？會長看見剛才那一段了嗎？

我和莉雅絲害羞起來，並鬆開了手！

蒼那會長只說了一句話。

「要不要在這間學校幫兩位立個紀念碑？」

「「不需要！」」

我和莉雅絲忍不住這麼回話了。

Brother?

「幸會，歐幾里得。」

「幸會，瑟傑克斯大人。不，姊夫大人。沒想到您會特地來見我。」

「……我有很多話想跟你說。但是，想問你的問題只有一個——為什麼？」

「……姊姊……有您，而我……什麼也沒有。就只是這樣而已……您的那位妹夫，倒是比我爭氣多了。」

「很強吧？他是我自豪的妹夫。」

「真不好意思，沒能讓您自豪。」

「…………你對異世界有興趣嗎？」

「……沒有。我只是想嘗試『混沌（Khaos）』的滋味罷了。姊夫大人，我想問一件事情——對您而言，『惡魔』是什麼？」

「就是名為『惡魔』的生命體。即使價值觀不同，卻和人類一樣有善惡的一個種族。」

「……姊夫大人，您真的是太天真了。」

Emperor.

「嗚哈哈哈哈，多虧有你，我們才能將那座空中都市整個弄到手啊。」

「……因為對於惡魔而言，『路西法』是絕對的。」

「直覺敏銳的傢伙，經過這次事件，應該會想到惡魔當中有背叛者吧。不過，這真是太好笑了——因為那個背叛者，竟然是那個人氣超強的選手『皇帝(emperor)』彼列呢！」

「我……只是為真正的王實現了心願而已。」

「所以，你想透過我實現的願望是什麼？冠軍先生？」

「……我想查明當權的政府和天界方面所抹滅掉的某個事例。」

「喔？是什麼事情？好像很有意思呢。」

「莉雅絲·吉蒙里現在當作地盤的那個人類世界的城鎮，過去是我的親戚的地盤。然而，他因為某種政治因素而遭到抹殺。疑似與這起事件相關的是——天使長米迦勒的A(ace)，紫藤伊莉娜，以她的爸爸為首的幾名教會關係人。」

後記

大家好，我是石踏！終於來到第十七集了！這次的故事，舞台是冥界的學校！本集當中，也回收了一些之前曾經出現過的設定，各位還記得多少呢？這次回收的設定主要是以第十集為中心。

好了，接下來照例進入每次都會有的解說部分！

・羅絲薇瑟的故事

這次終於被放在聚光燈之下，提到了她的過去以及隱藏的才能。由於本集是以羅絲薇瑟為主，所以我絞盡腦汁在想要如何增進她和一誠的感情。在百思不得其解之際，我和責任編輯討論的結果，得到的是「雖然已經喜歡上一誠了，卻保持著一定的距離和他接觸」這樣的定位。身為年長組，但要是反應和莉雅絲以及朱乃一樣的話，行動就會變得和她們一樣了。今後，她也會維持自己的風格，在其他成員看不見的地方和一誠保持接觸吧。在某種意義上，這樣的作法可能比較具有戰略性呢……

話說回來，D×D的女角被擄走的機率還真是高啊。反過來說，其實被擄走才是成為女角的條件？

・一誠的超必殺技——神滅碎擊砲

終於解禁的必殺技。這招原本只有霸龍型態（juggernaut drive）才能夠使用，但因為一誠一直朝不同於一般赤龍帝的方面進化，以致這招終於覺醒了。以足稱凶惡的威力傲視群雄，甚至有可能對環境造成影響，所以能夠使用的場面應該也相當有限。順道一提，概念大概就像卡○的胸部粒子砲，或是鋼○華沙哥CB的三重米加音速槍。好多都是GX梗啊——

這麼說來，飛龍（wyvern）也是取材自感應鋼○MkII的反射浮游砲。應該說，就是感○砲啦！

・掌握關鍵的女生們

羅絲薇瑟能夠編寫666（trihexa）的封印術式這件事曝光之後，她的重要性也一口氣提昇了。今後，她的力量也會成為關鍵吧。而且就連小貓也學會了應用仙術的邪龍封印術，再加上莉雅絲的必殺技的話，女生們的戰力應該也會增強不少。今後的劇情發展將聚焦到伊莉娜和潔諾薇亞身上，所以她們也將得到新的力量。

・潔諾薇亞的參選及神祕學研究社的世代交替

潔諾薇亞從上一集延續到現在的神祕行動，全都是為了在學生會選舉當中表態參選。其實要讓潔諾薇亞參選這個設定，是在很久以前就已經決定好的了。神祕學研究社的新社長和新副社長也是之前就決定好，關於這個部分就請各位期待今後的劇情發展了。到時候的人事安排應該會相當驚人才對。

・關於歐幾里得

這次關於自己的姊姊葛瑞菲雅吐露出了心聲的歐幾里得。他姊控的一面在十四集當中，第一次登場的時候就或多或少有點跡象了。寫著寫著我自己都覺得有點不敢領教。這樣的他終於也被一誠打扁了。他會就此完蛋嗎？

・背叛（？）的皇帝（emperor）

最後皇帝（emperor）彼列提到的那件事（莉雅絲的地盤的前任負責人），其實在第三集的時候就已經提過了，有興趣的人不妨確認一下。

年幼的朱乃侵入的城鎮，也就是莉雅絲父親的「主教（bishop）」的地盤，是不同於駒王學園所在地的其他城鎮，請注意。這個城鎮的前任負責人並不是阿格里帕。

・龍族專用的終極道具＝小愛西亞的小褲褲

和莉雅絲的胸部一樣，是能夠為二天龍引出新力量的終極道具。另外，法夫納主廚的料理，請大家千萬別模仿！

・匙的禁手（balance breaker）

終於達到這個境界了。不過，既然是身穿鎧甲的型態，可見一誠對他的影響也是相當深遠。詳細的能力會在今後的故事中敘述。

愛西亞和真羅副會長也差不多該達到新境界了吧，能力是已經決定好了。

・城鎮的名稱

一誠他們住的那個城鎮的名稱，到現在都還沒有出現過。寫到目前為止我也沒特別幫這個城鎮命名，想說應該正式命名一下比較好。所以，就命名為「駒王町」好了。寫了十七集這個城鎮終於有名字了！

然後稍微向各位報告一下。

其實，去年九月時我把身體搞壞了。腰部椎間盤突出併發了坐骨神經痛，以現狀而言，要以之前的方式繼續寫下去恐怕會有困難。由於我現在沒辦法坐在椅子上，寫第十七集時大部分的時間都是躺著寫的。由於寫東西的時候必須護著腰，目前的寫作速度只剩下不到之前的三分之一，對許多工作也造成了影響。今後將會配合身體的狀況，一面進行治療及靜養，一面寫作。希望能夠盡可能以不影響本篇的進度繼續寫下去。

接下來是答謝的部分。みやま零老師、責任編輯H先生，每次都承蒙兩位照顧了！

託各位的福，本作在動畫、遊戲、各種商品都有多方面發展，我也收到很多樣品。商品的數量之多，遠遠超過我的想像，實在沒辦法全擺在工作用的房間裡，所以只好心不甘情不願地放到空房間去了。不過，如果商品已經發展到這個地步的話，讓我有點期待Figuarts或是figma有沒有可能推出一誠、瓦利的鎧甲型態……這會是無法實現的夢想嗎？

好了，下一集的女主角是伊莉娜！皇帝(emperor)彼列說了令人非常不安的事情，接下來到底會如何發展呢……再加上潔諾薇亞和愛西亞，想必教會三人組又會大放異彩吧！第十八集將以神祕學研究社＋天界成員為主！隊長鬼牌預計也會有所表現！然後，伊莉娜也會變強，從自稱變成真正的天使吧！敬請期待！

重裝武器 1~7 待續

作者：鎌池和馬　插畫：凪良

《魔法禁書目錄(INDEX)》、《科學超電磁砲(RAILGUN)》作者
科幻力作邁入新篇章，近未來戰鬥故事再度展開！

笨蛋兩人組這次又來到了大洋洲！庫溫瑟忙著和在沙漠邂逅的美女少尉建立若有似無的關係，公主殿下和呵呵呵展開女人間的爭鬥，至於賀維亞的運氣則是照樣很背……這回，他們即將挑戰的是大洋洲的幕後黑手──

台灣角川

各 **NT$180~280/HK$50~85**

國家圖書館出版品預行編目資料

惡魔高校DxD. 17, 教師研習的女武神 / 石踏一榮作 ; kazano譯. -- 初版. -- 臺北市 : 臺灣角川, 2014.12

面 ; 公分

譯自 : ハイスクールD×D. 17, 教員研修のヴァルキリー

ISBN 978-986-366-279-2(平裝)

861.57 103021505

Kadokawa
Fantastic
Novels

惡魔高校D×D 17
教師研習的女武神

（原著名：ハイスクールD×D17 教員研修のヴァルキリー）

2014年12月24日　初版第1刷發行
2022年3月18日　初版第4刷發行

作　者：石踏一榮
插　畫：みやま零
譯　者：kazano

發行人：岩崎剛人
總編輯：蔡佩芬
編　輯：高韻涵
美術設計：黃永漢
印　務：李明修（主任）、張加恩（主任）、張凱棋

發行所：台灣角川股份有限公司
地　址：104台北市中山區松江路223號3樓
電　話：（02）2515-3000
傳　真：（02）2515-0033
網　址：www.kadokawa.com.tw
劃撥帳戶：台灣角川股份有限公司
劃撥帳號：19487412
法律顧問：有澤法律事務所
製　版：尚騰印刷事業有限公司
ISBN：978-986-366-279-2